あなたにオススメの

本谷有希子

講談社

目次

装画　久野遥子
装丁　佐藤亜沙美（サトウサンカイ）

推子のデフォルト

副都心にほど近い、都内でも有数の高級住宅地。今は裸木ばかりであるが、春夏であれば邸宅や低層マンションの敷地に植えられた緑が繁茂し、自然と素晴らしく調和していると評判の街。ダウンコートを着込んで家を出た凡事推子《ぼんじおしこ》は、そんな街の、意外とアップダウンの激しい道を、電動アシスト機能付きの自転車を漕いで走り、園に到着した。

指定された置き場にママチャリを駐輪し、重いスタンドを立てた推子はすたすたと門扉へと向かった。

門柱に取り付けられている読取端末のカバーを素早く開け、右手の甲に埋め込んだICチップを翳《かざ》す。数年前まで保護者達が皆、「418888《よい母はハッピー》」という語呂合わせを呟《つぶや》きながら暗証番号を打ち込んでいたというセキュリティシステムは、音も立てずに自動で門を解錠した。

品種改良されたロドレイアの植えられた花壇と、乳児用バギー置き場を通り過ぎた推子は自動ドアを抜けて、明るく清潔な建物へと入っていった。下駄箱の上に置かれた消毒液を手に揉み込み、広々としたホールへと続く廊下へ足を踏み入れた瞬間、娘の送り迎えのたびに味わう悦喜《えっき》が、またしても胸に込み上げた。

この区でいちばんの人気園に我が子を二人とも入園させると強く希望したのは、推子だった。

保育園にいれるには保護者の勤労状況と家庭事情を考慮した指数が他の家庭より高くなければならず、推子はお姉ちゃんの津無《つむ》を入園させる際、その指数を稼ぐために夫と書類上、離婚した。母子家庭として優先されてまで、どうしてもここに入園させたかったのである。

この園の何がいいのかと言えば、まず建物のデザインがいい。子供っぽい要素を極力削ぎ落とした天井の高い園内は無垢《むく》材があしらわれ、カフェと見紛《みまが》うような内装である。円形のホールは天窓があって開放感があり、そのホールをぐるりと囲む形で0歳クラスから5歳クラスのお部屋が放射状に設置されている。壁には園児達の制作が美術館の展示のようにセンス良く飾られ、かつて実物の絵本が並べられていた棚には絵本アプリ専用の端末が整然と並んでいる。

まだどのお部屋の扉も閉じ、丸窓からしか様子が窺えないが、帰りの会の最中らしく子供達の歌声が電子オルガンの演奏に合わせて心地よく推子の耳を擽《くすぐ》った。

と同時に、推子の耳朶《みみたぶ》に埋め込まれた極小のイヤフォンからは、須磨後奔《すまあとふおん》で再生している動画の音声が流れ続けていた。

推子は絵本棚の上の板状デバイスに、手の甲を翳して降園記録を付けた。手持ち無沙汰で須磨後奔の動画を二倍速まであげたが、帰りの会がまだ終わりそうにないので、壁に掛けられた園児達の制作に自然と視線が彷徨《さまよ》う。新しいものに替わったらしく、よく見ると、ホールの様子はすっかり一月らしい雰囲気に様変わりしていた。

推子はまずいつもの癖で、いちばん遠い位置にある乳児クラスの制作を眺めた。絵と呼ぶにはあまりにも奔放で不可解な線が、どの画用紙にもこれでもかというほど自由闊《かっ》達《たつ》にのたうち回っている。

その隣の年少さんクラスの壁に視線を移動させると、「やっぱり一年違うだけで、子供はここまで成長するのね」と感心せずにはいられない変化が一目瞭然だった。

どの子の絵も自由そのもの、生命そのもののように爆発していたタッチが微妙によそよそしくかしこまり、やけに説明的になっている。

年中さんに移行すると、園児全員が地面を茶色く塗り、緑で木や山らしきものを描き、太陽をオレンジ色に塗っていて、素晴らしく凡庸で既視感のある作品しか見当たらなくなった。推子は太陽がオレンジ色に見えたことなど一度もないし、あのように中心の円から放射状に線が飛び出しているように見えたこともない。

だというのに、こうして全員が記号的に太陽を配置させるということは、きちんと子供達が「等質に保育されている」他ならぬ証拠であり、さすがに海外からも取材されている園は違う、と推子は満足した。

　この園の人気の理由は、子供を等質にするための徹底したメソッドにある。ここに通う園児はわざわざお受験用の塾などに行かせなくとも私立小学校の合格率が高いと専らの評判で、実際お姉ちゃんの津無はなんなく第一希望の小学校に入学し、妹の肚《はら》も先月、同じ学校から合格通知を受け取ったばかりだった。

　推子は時計の針が進むようにさらに視線を動かした。娘の肚がお世話になっている年長組さんの壁の上部には「のろのろ動くもの」と今月のテーマが掲げられていたが、実際にはお手本でもあるかのようにみんなそっくりのカタツムリが画用紙の上に大量発生している。推子はその中でもひときわ生命感のない、記号的に描かれた一枚に目を留めた。

　絵の下にクレヨンで「ぼんじ　はら」と娘の名前が記入されているのを見てほくほくした推子は、その真横の絵にちらと視線を投げると、「相変わらず、子供らしくないわね」と呟いた。

　その直後、がらっとドアの開く気配がした。見ると、保育室からちょうどこぴくんママが出てくるところだったため、推子はたちどころに絵から顔を逸らした。

　というのもまさに今、好奇の視線を投げかけていた絵を描いた園児こそ、彼女の息子の孤非《こび》くんだったからである。推子はクローンのように増殖したカタツムリの中で、唯一、老人らしきものが描かれているドクソー的な一枚など見ていなかったかのように、

「あ、そっか。今日、面談だったんだ？　お疲れ」

と明るく声をかけた。

「あ。うん。あれ、もうお迎え？　早いね」

推子がそこにいることに気づいてなかったのか、ぎくりとしたように顔をあげたこぴくんママは弱々しい笑みを浮かべた。

「たまたま仕事が早く終わったのよ」

「そうなんだ。お疲れ様」

そう言って、こぴくんママはもう一度笑ったが、やはりその笑顔はどことなく憔悴《しょうすい》しているように見えた。

推子はバッグから取り出した携帯用ハンドクリームをすばやく手に伸ばしながら、この園で「GJ」という隠語で呼ばれている、長身で美人のママ友を密かに観察した。

「GJ」、すなわち「原人」という名に反して、今日も顔がモデル並みに美しく、鼻筋は彫刻のように通っている。太い眉の上でまっすぐ切り揃えられた黒い前髪に化粧気のなさが相まって、とても三十五には見えない。この、どことなくエキゾチックな美しさを持つママからは独特の思想のせいか全身から近寄りがたいムードが醸《かも》されており、ママ友の間では「躁鬱《そううつ》の気があって離婚されたのだ」とか、「いや、フリーセックスで子供ができてしまい父親が不明なのだ」などと様々な噂が飛び交っているのだった。

しかし、推子だけは実際の事情を知っていた。推子と彼女はシングルマザー同士だったが、点数を稼ぐために離婚を偽装した推子と違い、彼女は元夫と子供の育て方について意見が合わず離婚した、正真正銘のシングルマザーだった。母子家庭になった彼女は裕福な実家の近くにマンションを借りたのだが、ここが〈等質性教育〉メソッドで海外から取材が来るほどの有名園だとまったく知らないまま、近いという理由だけで子供を転園させてしまったのである。

こぴくんママの全身から倦怠感《けんたい》のようなものが滲《にじ》み出ているのを感じ取った推子は、四肢のない爬虫類のようにしゅるしゅる近づいていき、「よぽぃん先生になんか言われた？　よかったら相談のるわよ？」と優しく声をかけた。

「あーありがとう。でも推子さん、肚ちゃんのお迎えでしょ？」

「まだ早すぎるし。延長すれば大丈夫」

推子はそう言って絵本棚の方へ戻ると、手の甲を板状デバイスにさっと翳した。余裕があるなら少しでも早く子供を迎えに来て家庭保育してほしいと親が保育士に怒られる時代もあったようだが、今や保育園も半義務教育である。他のお友達と一緒に管理の行き届いた環境になるべく長くいるのが望ましいとされているため、早い時間のお迎えはむしろ顰蹙《ひんしゅく》を買うのだった。

画面に指を走らせて、付けたばかりの降園記録を取り消すと、そんな推子を躊躇《ためら》った様子で見ていたこぴくんママも、のろのろとコートのポケットから端末を取り出して、もう一台の板状デバイスに翳した。推子はこぴくんママの手の中のスマートフォンに目を走らせてから、「まだ買い換えないの？」と呆れたように尋ねた。

「須磨後奔の何がそんなに嫌なのよ？」

推子は訊いたが、自分の古い端末を見下ろしたこぴくんママは何も答えなかった。

操作性や機能、容量が格段に向上した〈須磨後奔《すまあとふおん》〉という新しい通信機器が普及したのは、数年前のことである。当然、推子は発売日当日にこれを手に入れたが、こぴくんママはもう誰も使っていない古い通信機器を、今でも変人のように使い続けているのだった。

「じゃあチップは？　いい加減、埋め込んだらいいのに。保護者アプリなんてわざわざ使ってるの、こぴくんママくらいよ」

「私はそういうの好きじゃないから」

「好きじゃないって。機器を体内に埋め込むだけじゃないの」

「そこまでする必要があると思えない」

こぴくんママは拒絶するように話を終わらせた。これまでも「ほんと便利だから」と言って多くのママ友に体内機器を散々勧めてきた推子には、なぜそこまでこぴくんママが埋込手術に抵抗するのか、さっぱり理解できなかった。マイクロチップや超極小の電子機器を埋め込むなど子供でもやっている。これがあれば、あらゆることが手ぶらで済むので生活は格段に快適になり、推子はもう以前の暮らしに戻ることなど考えられなかった。他のママ達も全員が手術を勧めた推子に感謝してくれたのだ。だからこそ文明社会を否定するような態度を取り続けるこぴくんママが、周囲から浮き上がってしまうのは当然のことと言えた。

　こぴくんママ自身、お迎えの時間が同じで、ほぼ毎日顔を合わせるという理由だけで、なぜ推子がこれほど自分に親しげに距離を詰めてくるのかと最初は戸惑ったようだった。親子が転園して来てから三ヵ月。今日のように積極的に声をかけ、お茶に誘ったりしているお陰で、他のママ友からも「なんであんな変わった人と仲良くしてるの?」「GJと何話すの?」と何度も不思議がられた。そのたび推子は「え。だって子供があああだもん。可哀想じゃないの」と神妙に嘯《うそぶ》いたり、「シングルマザー同士、助け合わないと」などと適当に答えていたが、もちろん、このママ友と本気で仲良くなりたいと考えているわけではなかった。

　インターネットに接続して、あらゆるエンターテインメント系のサービスを貪《むさぼ》り尽くしてきた推子は、配信される人工的な制作物だけでは満足できなくなり、気づけばより多様化・複雑化したものを求めるようになっていた。先の読めないものを追ううち、自然とライヴ配信、生ものに目が向き始め、なるべく人の手の入っていないナチュラルなコンテンツを渇望するようになっていたその矢先、先史時代からやって来たようなこの親子が目の前に現れたのである。初めはそれほど期待せず暇潰し程度に近づいた推子だったが、今では生の魅力にすっかり取り憑かれ、この美しいママ友の子育ての悩みを聞く時間が、どんなアプリケーションを開くよりも愉しみになっていた。

　行きつけのオーガニックカフェにこぴくんママを誘い出した推子は、板状デバイスで有機栽培コーヒーを注文するなり、「で？　よぽぃん先生になんて言われたの？」と身を乗り出すように尋ねた。

　こぴくんママは溜息を吐いたものの、さきほどよりは幾分落ち着いた様子で、「小学校に上がる前に、一度、ちゃんと受診して下さいって言われたよ」とバッグから小冊子を取り出した。

「大学病院の精神科？」

　有名な大病院の名前と写真が印刷された小冊子を覗き込んだ推子は声をあげた。

「何よ。こぴくん、ここに行けって言われたの？」

「うん。そこの〈オフライン依存外来〉を早めに受診させた方がいいんじゃないですかって」

「よぽぃん先生が言ったの？　それって、こぴくんが依存症ってことよね？」

　推子が眉を持ち上げると、こぴくんママは周りに知り合いがいないかを確かめるように店内にすばやく目を走らせて、「まだ。それは検査してみないと、まだわからないから」と強い口調で付け加えた。

「まあ、そうだけど。でもよっぽど確信がないと、先生もこんなの渡してこないでしょ？」

　推子は小冊子を手元に引き寄せ、パラパラと捲《めく》った。専門外来のページには、須磨後奔や板状デバイスなどの端末に囲まれて幸せそうに笑う老人や青年のイラストがあり、

「インターネットがない環境（オフライン状態）に依存し、悩まれる方の専門外来です。正しく治療し、インターネットと二十四時間繋がっていられる環境（オンライン状態）で生活できるように支援します。」と書かれている。

全十回の家族支援プログラムのページで指を止め、「依存症は否認の病です。ご本人が問題を自覚して受診に至るまでが治療への第一歩です」という一文に目を通していると、「この三ヵ月、うちの子を間近で保育して、そうとしか思えなくなったんだって」とこぴくんママが思い詰めたような溜息をまた漏らした。

「へえ。あの先生、そういうこと言うのね」

推子は意外そうな声をあげて、昨年の四月から肚の受け持ちになった若い男性保育士の顔を思い浮かべた。顔から指に至るまで体のあらゆる部位がたこ焼きのように丸く、一見、物腰の柔らかな保育士である。

「今月もうちの子だけ、みんなと違うものを制作してたでしょ。見た？」

「ああ、あれね。〈のろのろ動くもの〉」

推子は目を細め、思い出すような口ぶりで答えた。

「あの絵を見て、いよいよ、と思ったんだって」

「じゃあ、やっぱりあれってこぴくんママが言ってた通り、ドクソー的な子供をあぶり出すテストって噂、本当なのかしらね」

「それ以外に考えられない。どうせみんな同じもの描くんだからテーマなんて出さないで、カタツムリを描けって最初から言えばいいでしょ」

推子は「ほんとそうよね」と共感するように頷《うなず》きながらさっと手の甲に触れた。さきほどから再生していた動画がつまらなかったので適当に他のものを選び直したのである。そのまま椅子にかけたコートのポケットに手を突っ込んだ推子は、須磨後奔を取り出し、画面が見えやすいようテーブルの上に自立させた。

デジタル機器で何か再生する場合も、複数同時再生が標準《デフォルト》である推子は、人の話を聞く際もこうして別のアプリケーションを開くことを常としていた。

こぴくんママはそんな推子にちらっと視線を投げかけたものの何も言わず、ええ、愛店員によって運ばれてきたコーヒーをしばらく不味《まず》そうに口に運んでいた。店には他に数組の客がいたが、推子と同じように見やすい位置に端末を配置している者がほとんどだった。端末を出さずに壁や虚空にじっと視線を注いでいる客は音楽を聴いているか、網膜に被せたディスプレイで映像を視聴しているのだろう。網膜の手術はごく最近始まったもので、まだ扱っているクリニックも被施術者も少ないが、推子も近々、ぜひトライしたいと思っている最先端技術のひとつだった。

こぴくんママはそんな店内を嫌気が差したように見回すと、電子タバコをバッグから取り出した。推子の周りで今時、電子タバコなどという時代錯誤なものを吸っている人間は彼女くらいのものである。

「そんなに吸いたいなら舌に埋め込んだ方が早いわよ」

店内が禁煙であることを思い出して電子タバコをバッグにしまい直すこぴくんママに、推子は軽く舌先を出してみせた。

「好きな味が選べるし、ダイエットにもすごく効果があるんだから」

最近ママ友の間で大人気のダイエット法をせっかく教えたというのに、こぴくんママは苛々《いらいら》した様子でその言葉を聞き流し、「ほんとに受診させなきゃいけないと思う?」と眉間の皺を一層深くした。

推子は須磨後奔の画面に目を戻しながら、「受診させたくないの? なんで」と訊いた。

「だって、デジタル機器に触らないでじっとしていられる状態が、病気なんておかしいでしょ」

「え。なんで」

推子は首を傾げて再度訊いた。

「なんでって。推子さんはそういう子供達が病気だって本気で思うの?」

「病気かはともかく、普通ではないでしょ」

推子はあっさり言い切って続けた。

「だってこぴくんってまだ保育園児じゃないの。六歳の子供が空を流れる雲を眺めてぼんやり過ごしたり、アプリにも興味示さないで、生きてる虫に夢中になったり泥遊びしたりって、ちょっと変わってるわよ。あとほら、こないだこぴくん、お風呂にも一切端末持ち込まないでおとなしく湯船に浸かってるって言ってたでしょ。あれ聞いた時も信じられなかったもん」

推子の言葉を黙って聞いていたこぴくんママは水のグラスに付着した水滴を見つめていたが、やがて、「どうしてこの状態が、異常だってことがわからないの？」と呻《うめ》くように声を出した。

「だから異常なんかじゃないってば」

「異常でしょ、どう考えても。だって思い出してよ。ついこないだまで、クニはええ愛に代替できない人間を育てようとして必死だったじゃん。テストの点数や偏差値で測れない非認知能力を育てようって必死だったでしょ？　それなのに、あのわけの分からない教育改革がいきなり始まって、あれだけええ愛に負けない子供をって叫んでたくせに、あっさりええ愛と共存できる子供の教育にシフトしたんじゃない。忘れたの？」

推子は「あ。そういえばそうだったね」とコーヒーに手を伸ばしながら「本当にひどいわよね」と共感してみせる時の顔を作った。こぴくんママはそんな推子を見て、やはりぐっと何か言葉を飲み込むような表情をすると、「推子さん。ついこないだまで、ネットに繋がり過ぎてる子供達が〈インターネット依存症〉って診断されてたことを思い出してよ。外で元気に遊ぶ子供が子供らしかったでしょ？」と同意を求めた。

「そんなこともあったわね。懐かしいね。でも、」

「でも、何？」

「そんなこと言ってたら、これからの社会で生きていけないじゃないの」

「時代は変わっても、普遍的なことはあるでしょ」

「そうだけど。でも、こぴくんママが言ってるのって全部あの時までの話でしょ？　今はそんなの、通用しないいって何度言ったらわかるのよ」

推子は端末に目を落としたまま苦笑した。もう過ぎた過去の、前近代的な価値基準にこぴくんママがなぜそこまでこだわるのか、推子にはまったく理解できなかった。こうなってしまう前を懐かしむ気持ちもわかるが、しかし実際、世界はあの混乱を境に激変し、基準が何もかも刷新《さっしん》されたのだ。それまで信じられていたもの、大事だとされていたことは価値がなくなり一笑に付され、まともではないと思われていたものが信仰される現象が次々と起きた。世界児童保健機関の、「小児の健康な成長」に関するガイドラインもその一つだった。

それまでの「子供はなるべく外で遊ばせるのが望ましい」という提言は、「なるべく室内で過ごさせるのが望ましい」に変わり、「デジタル機器の長時間使用は危険」という警鐘は、「できるだけ長く触れさせる環境を整えましょう」という推奨にシフトした。これによって子供には何歳からデジタル機器を与えるのが適切かという長年の論争にも、ようやく終止符が打たれた。

産院ではカンガルーケアと言って、出産直後の新生児を母親の乳房の間に抱いて直接肌を合わせる、という愛着形成法を勧めるところがあるが、ネットもこれと同じで、接触が早ければ早いほど仮想的な空間への愛着が深まる、という結論で専門家の意見が落ち着いたのである。

　気づけば、早期教育とばかりに親達の競争が過熱し、いつのまにか子供には生まれた瞬間からデジタル機器を与え、ネット漬けにするのが親としての務めである、という風潮まで生まれ出していた。

　推子とこぴくんママはほぼ同年代、「スマホのやり過ぎ、ネットのし過ぎは成長に悪影響」と言われ続けていた、ぎりぎりの世代である。しかし新しい社会にあっさり順応した推子に対し、こぴくんママは「みんな、現実から目を背け過ぎてる」などとことあるごとに主張するお陰で、園では完全に「あのひとは、ほら、アナログの人だから」などと嘲笑《ちょうしょう》される存在になっていた。

「もし十年前に戻れてたら、って未だに後悔する時があるよ」

　豆の匂いが香り立つカップを睨み、眉の上で切り揃えられた前髪を斜めに傾けたこぴくんママが悔しそうに口を開いた。

「そうなの？　なんで？」

「だってあのタイミングで、私達がきちんと声をあげてれば、こんな世の中にはならなかったかもしれないじゃない。できるなら携帯電話をひとり一台持ち始める前の時代に戻りたいよ」

「戻ってどうするの」

推子が首を傾げると、「決まってるじゃん」とこぴくんママはテーブルの上に自立させている推子の須磨後奔を睨《にら》みつけた。

「このクソみたいな道具のせいで、私達の生活も、考え方も、人間としてのあり方も、何もかもがぐちゃぐちゃに変形させられたんじゃないの。あの時点で、私達はなんとしても、このクソの普及を阻止しなきゃいけなかったのよ。私達は道具を使う側で、道具に使われる側じゃないんだって、現実から目を背けるなって声をあげるべきだったのよ」

こぴくんママは目の表面に水分を溜め、唇を嚙み締めた。推子はその様子を、須磨後奔のホーム画面に溜まったアプリケーションを削除しながら横目で見つつ、「そんなに直視しなくていいんじゃないの？」と口を開いた。

「え？」

「だって物事なんて、ぼやけて見えてるくらいがちょうどいいじゃないの。あんまり解像度あげると、きれいな女優も見れたもんじゃなくなるわよ」

推子はそう言って笑い声をあげると、残っていたコーヒーを飲み干し、「そろそろお迎えの時間だし、お会計しちゃわない？」と立ち上がった。

店の入り口で、ええ愛の読取部に手を翳し、一瞬で会計を済ませた推子は、こぴくんママがバッグから二つ折りの革財布を探し出し、さらにその中から小銭を取り出して時間を空費している間、たまたま視界に入ったええ愛を見るともなく眺めた。少し前まで、こういうデジタル店員は人型が主流だったが、今はこのシンプルな箱型以外、ほとんど見かけない。コンパクトで置き場所に困らない上、デザインも飽きがこないので人気があるのだろう。世界的に有名な多国籍テクノロジー企業が開発したというこの「箱」は、その一社がシェアをほとんど独占しているため、すべての箱型デジタル店員には、人間の鼻を記号化したような一本のラインが引かれている。今やこれを目にしない場所は皆無と言ってよかった。

チャリンと何かが落ちる音がして、音のした足元を見ると、こぴくんママが磨かれた床に膝をついてカウンター下の隙間に必死で手を伸ばしているところだった。

「今度こそ、飽きないようにしないとね」

推子はそう小声で呟いてから、床でもぞもぞと動く尻にエンターテインメント作品でも鑑賞するかのような熱い視線をじっとりと注いだ。

午後六時を過ぎた園のホールは、迎えに来た保護者達で混み始めていた。

推子はその中のママ友全員にほどよく声をかけて歩いたが、こぴくんママは眉間に皺を寄せたまま、誰とも目を合わそうとしなかった。

端末で降園記録をつけた二人は子供の待つ保育室に向かった。いつもならお迎えに行くのは年長のズポポ組さんなのだが、この時期は部屋をひとつ面談のために空けているため、合同保育されている年中のゼぺぺ組さんへ行かねばならない。

お姉ちゃんの津無が通っていた頃、それぞれのクラスに付けられていたのは可愛らしい果物の名前だった。りんご。もも。さくらんぼ。しかし、より等質な保育を目標に掲げた園の方針によって、数年前から、意味を徹底的に排除した名称が各クラスに採用された。それ以来、推子はなかなかすべてのクラス名を覚えることができない。

ゼペペ組さんのお部屋の前まで行くと、女性の保育士が推子達を見るなり、中に向かって声をかけた。

「肚ちゃーん、ぴーくーん。ママ達、お迎えに来たよー」

子供達を待つ間、推子はイヤフォンからの動画音声に耳を傾けつつ、去年まで肚がお世話になっていたゼペペ組さんの保育室を見渡した。ミニチュアのような手洗い場があり、窓際には本物にしか見えないデジタル水棲生物がデジタル水槽の中を泳いでいる。〈おともだちとなかよくしよう！〉〈せっけんでてをあらおう！〉子供の甘ったるい唾液の匂いが漂う保育室は標語だらけだ。〈げんきにごあいさつ！〉〈あさでるうんちはいいうんち！〉〈みんなきんいつに！〉〈きんいつなおにいさんおねえさんになろう！〉推子は保育室中に飛び散った文字をかき集めるように視線を走らせながら、今度は壁に貼られた園児の氏名にひとつずつ目を留めていった。

この年にそういう流行があったのだろう。年中組さんは「画ラ酢《がらす》」「打ッ士《うっど》」「斜和《しゃわ》ー《あ》」などという外来語を手当たり次第に取り入れた名前がやたらと多い。娘のズポポ組さんは「脚矢《あしや》」「舌郎《ぜつろう》」「目見《めみ》」「夢臓《むぞう》」くんに「奈爪《なつめ》」ちゃん、と身体に纏《まつ》わる漢字だらけだ。推子も娘に「肚」と名付けたが、流行りだったという以外の理由をよく思い出せない。しかし今はどこの家庭もそうらしく、この傾向については推子達親世代もデジタル機器の使用時間が格段に増えたことで、記憶が次々に上書きされるようになった代償だろう、と言われていた。

「ママ」

いつのまにか大人の太ももほどの高さの衝立《ついたて》のすぐ向こう側に、真っ白な制服を着た肚が立っていた。ただでさえ人より大きな、零《こぼ》れ落ちそうな目で衝立の向こうからじっと推子を見上げながら、「ママってば」と肚は早口で繰り返した。その手には園からひとり一台支給されている板状デバイスが握られている。

「あ、肚。もうお支度できたの？」

推子が気づくと、デバイスを持ち上げた肚は見た目とはギャップのあるハスキーな声で、「ほら。これ見て。ハラがお絵かきしたんだー」とカラフルな線でなぞられた猫のイラストを見せびらかした。

「うわあ。上手じゃん。これほんとに肚が描いたの？」

推子が感心した口調で褒《ほ》めると、「うんっ。上手でしょ？　こぴくんのママも見て。すごいでしょ」と肚は推子の隣に立っていたこぴくんママにもデバイスを差し出した。

「ええ愛みたいに上手でしょ？」

尻尾と足と顔と胴体と目鼻がすべて違う色で描かれた猫が、本当に生きているかのようににゃあにゃあ歩き回っているアニメーションをじっと見つめたこぴくんママは、心から嫌なものを見たように、「肚ちゃんは本当に、ええ愛みたいに上手だねって言われて嬉しいの？　肚ちゃんは大きくなったらええ愛になりたいの？」と尋ねた。

肚は一瞬、大きな目を開いて不思議そうな表情をしたあと、「うん！　ハラ、大きくなったら絶対にええ愛になるんだ！」と嬉しそうに答えた。

至るところで導入され、身近になったええ愛は子供達に絶大な人気を誇っている。到底実現不可能な、箱型デバイスになるという夢に子供達はなんの違和感もないらしく、小学生がなりたいもののランキングの上位には毎年、必ずええ愛が入っている。十代の若者の間では、人間っぽさを消すために全身の毛穴を焼き潰す手術を受ける人が増え、嘘か本当か骨格を四角にするという怪しげな整形まで行われているらしい。まばたきを極限まで少なくするために最新の涙腺《るいせん》プラグを埋め込む学生もあとを絶たないと聞く。

推子が子供の頃、人気のある職業と言えば、「将来が安定しているから」という理由でまだなんとなく公務員、というイメージがあったが、役所仕事はとっくに完全ええ愛化されているためランキング下位にも入らない。アイドルやスポーツ選手など人から注目され、特別視される存在に一切興味を持たなくなった今の子供が、個性のない、均一的なものに憧れを抱くのは、全世界的に見られる傾向であるらしかった。

十年前、「ＡＩをもっと親しみやすい存在に変えよう」と始まった政策の一環で、ある日突然〈ええ愛〉という薄気味悪い愛称があらゆるメディアで使われ出したのだ。

初めは違和感しかなかったが、お構いなしにメディアで使用され続けるうちに段々と定着し、気づけば肚のように赤ん坊の頃からＡＩはええ愛だと教えられている世代まで誕生していた。

「肚。こぴくん、遅いね。呼んで来てあげれば？」

すでに白いベレー帽を被り、園指定のリュックを背負って降園準備万端の肚にそう言うと、肚は衝立から室内に身を乗り出し、「こーぴーくんっ」とハスキーな声を出した。

この時間、保護者がお迎えに来るまで園児は各自好きなことをしていいことになっているにもかかわらず、保育室は静まり返っていた。見ると、全員が幼児用椅子に着席し、黙々と板状デバイスの上で小さな指を動かしている。

そんな中、ひとりだけ壁を向いて床に直座りしている男児の姿があった。その背中に向かって、肚はもう一度「おーい、ぴーくーん」と声をかけたが、男児はぴくりとも動かない。女性の保育士が近づいていき、男児の肩を揺するのが見えた。

少しして衝立の向こうにこぴくんが連れて来られた。どこか惚けたような、半分夢を見ているかのようないつものあどけない表情を浮かべている。前髪を母親そっくりに短く切り揃えたこぴくんは他の園児とは明らかに違う、妙に間延びした口調で、「あっ。おかーさんだ～。おかーさん、ほら、ねえちょっとこれ見て。ぴーくんが自分で作ったの、すごいでしょ～」と言うと、衝立の向こうから背のびして手を差し出した。

「すごいでしょ～。ハカセのコックピットだよ～」

自慢げに言うので推子も覗《のぞ》き込んでみたが、しまりのない笑みを浮かべた男児の手の中には何も見当たらない。

汗でベトベトしていそうな手のひらをじっと見下ろしていたこぴくんママが、「へえ、すごいじゃん」と言うと、「うん、そうだよっ。これ、宇宙のハカセと相談して、ぴーくんがつくったんだよ。ここに操縦席があって〜、これがミサイルの発射ボタンなの。危ないからハカセか、ぴーくんしか絶対に押しちゃ駄目なんだよ〜。絶対だからねっ」とこぴくんは手のひらを指差しながら、夢中になって説明を始めた。

その様子を隣で見ていた保育士の目に、同情の色が浮かんだのを推子は見逃さなかった。他の子供は絵本もままごともブロック遊びも鬼ごっこも砂遊びも、すべて板状デバイスのアプリケーションで完結させることができるのに、空想遊びにしか夢中になれない男児が不憫《ふびん》になったのだろう。こぴくんママも保育士の視線に気づいたらしく、慌てて衝立を動かすと、「うんうん。わかった、わかった。じゃあ、その続きは帰りながら話してくれる?」と話し続けているこぴくんの体をぐっと引き寄せた。

この園の、有名デザイナーに特注したという制服は雪のように純白なのが特徴なのだが、こぴくんの制服には食べこぼしや画材らしきものがべっとりと付着していた。毎日洗濯の必要が一切ないほどきれいなまま帰って来る肚に慣れている推子は思わず、「大変ね」と同情したが、こぴくんに手早く上着を着せたこぴくんママは「いつものことだから」と答えて立ち上がった。

こぴくんは片手を椀のような奇妙な形にしたまま、保育室の入り口に置いていたリュックの方へしずしずと歩いて行った。何をしているのだろうと推子が窺《うかが》っていると、リュックの前ポケットをそっと開け、嬉しくてたまらないのかにやにやしながら椀型の手のひらをゆっくりと傾けるような仕草をした。

周りの子供達が時間を短縮されたような速度で動き回る中、丁寧に動作する男児のいる場所は、そこだけ合成されたかのように周囲から浮き上がって見えた。

気温を年中一定に調整されている園舎を出た途端、コートの首元にまで寒風が入り込み、体から熱が一気に奪われていく。

推子は慌ててシルクの手袋を嵌《は》めると、もうすでに上がりきっているジッパーをさらに喉元近くまで引き上げた。

自転車で風を受けながら走行すれば、体感温度はさらに低下する。初めはハンドルの方へ取り付けていた自転車用チャイルドシートは、肚が十キロになった時点で後部座席タイプに交換し、今では肚が自らよじ登って着席してくれるようになった。ママ友に人気のあるこのチャイルドシートカバーは特殊な素材で、夏は涼しく、冬は暖かい状態を保つことができるので、推子も半年間ネットで再入荷を待ち続け、やっと購入することができたのだった。

まるで個室のような楕円形のカバーに覆われた座席にすっぽりと収まった肚は、一歳の誕生日に買ってあげた端末を早速いじり出し、口から吐き出す熱い息で透明のビニールを中から白く曇らせている。こぴくんママの自転車が園を出ていくのが見えたので、推子もずっしりと重いスタンドを倒し、サドルに跨《またが》った。走り始めてすぐにペダルを漕いでいた足が負荷からすっと解放された。

今でこそ、体の一部のように一体感を感じるこの電動アシスト付き自転車も、初めて試乗した時はその車体と、漕ぎ出す前のペダルの重量に驚いて、あっと思った瞬間には視界が斜めに傾き、肩を地面に強打していた。こわごわと腕と足に力を込め、もう一度慎重にペダルを漕ぎ出すと、今度は足ごとどこかへ吸い込まれたようにスイスイと前進し、いつもは必ずへばる坂道もアシストモードにするだけで、いとも簡単に登ることができた。

推子はこの電動二輪車に跨ると、いつも自分から「ママ」として必要な性能以外、余計なものがすべて削ぎ落とされるような気分になった。

チャイルドシートに子供を乗せて、ママチャリを漕いでいる限り、推子は推子という一個人でも、人間という生き物でもなく、「ママという性能そのもの」になるのだ。

ところが、前にこの話をふと漏らしてしまった際、こぴくんママは激しい拒絶反応を示し、「推子さんみたいな人がいるから、私達はママとしか呼ばれなくなるのよ」と嫌悪感を露《あら》わに言い放った。

「だって実際、ママじゃないの」

推子があっけらかんと答えると、こぴくんママは「ママである前に人間じゃん」と反論し、「私はママチャリに乗ると、無理やり母親にさせられている気がして死にたくなるよ。どうして子供を産んだだけで、人格まで剝奪されるの?」と憤りの声をあげた。特に性能という表現が許せなかったようで、推子はそのことをずいぶん糾弾された。それ以来、推子は二度とこの話をこぴくんママにしなくなった。

前を走っていたこぴくんママが家ではない方へ曲がるのを見て、推子もハンドルを左へ切った。

薬局で何か用事を済ますのだろう。アシスト機能を「エコモード」から「強モード」に切り替え、スピードをあげてママチャリを並走させた推子は、「そういえば洗剤がもうないんだった」と適当な用事をでっちあげ、薬局の前で自転車を停めたこぴくんママと連れ立って店に立ち寄った。

無人化した店内で検索機を使い、洗剤を取り寄せた推子は体内チップで支払いを済ませ、ものの三分で買い物を終えたが、こぴくんママは空のプラスチックかごを持って陳列棚と陳列棚の間をまだうろついている。

「検索すればいいのに」

推子が呆れた口調で言うと、こぴくんママは、「買い物くらい、自分でしたいから」と言い返して、また棚の間にこぴくんと消えていった。

レジの箱型デジタル店員を羨望《せんぼう》の眼差《まなざ》しで見つめている肚を店外に連れ出し、チャイルドシートに座らせて端末を与えていると、ようやく買い物を終えたこぴくんママがエコバッグを下げて戻って来た。

「遅かったね。何やってたの」

推子の言葉に、こぴくんママはやや言い渋るような表情を浮かべたあと、「こぴが好きな歯磨き粉を選ぶのに、迷っちゃって」と説明した。

「自分で選ばせてるの？」

「当たり前じゃない。自分が好きなものを自分で選ばないでどうするの」

驚いた推子に、こぴくんママはむっとしたような口調で言い返した。

「でも、好き嫌いの感覚は、シアワセフシアワセの基準を生むから取り除いていきましょうって、園から言われてるじゃないの」

「自分の好きなものがわからない人間に育てるなんて異常でしょ」

「でも、それじゃ将来苦労するわよ」

推子はそう言って、早速軒先に座り込んで蟻を探し始めた男児を見下ろした。

「これからの時代、仮想空間にどっぷり浸れる子ほどシアワセになれる、って言われてるじゃないの。やっぱり小学校にあがる前に外来受診して、しっかり検査してもらった方がいいんじゃない？　こういうのってきっと治療が遅れるほど、発育に影響が出たりするのよね」

推子が助言すると、自転車のかごにエコバッグを載せたこぴくんママは背中を向けたまま苛々したように吐き捨てた。

「だから。一体いつからネットに繋がらないでいられる状態が病気ってことになったのよ？」

「いつって。十年前からでしょ」

「私には、うちの子の姿が子供の本来あるべき状態にしか思えない。私はこの子に、ただ人間らしく生きてほしいだけなのよ」

「そんなこと言って、将来、この子達が家から一歩も出られなくなる日が来たらどうするの？　実際、再来年から公立の小中高はすべてオンライン授業に切り替えるってこないだ決定したじゃないの。現実空間でしか遊べない子供に外に出たいなんて毎日騒がれたら苦労するわよ？」

　こぴくんママは首でも締められているかのような苦しげな顔を推子に向けた。

「推子さんは、自分の子供が等質にされる世の中に、本当に何も思わないの？」

「違いはすべての不幸の元よ。始めから違いがなければ戦争も起こらないし、差別も生まれない。人生の勝ち負けも存在しない。だから全員がシアワセになる。って言われてるじゃないの」

「誰に言われたの」

「誰って。ネットに厭ってほど書かれてるわよ」

　推子は当然のように答えた。

「行こう、こぴ」

こぴくんママは議論を諦めたようにそう言うと、しゃがみ込んで蟻探しに夢中になっているこぴくんを立ち上がらせ、自転車の後部座席に座らせた。

「おかーさん、まだ帰らないよね？　家に帰る前に公園で遊ぶって約束、ちゃんと守ってよね？」

「うん。でも今日はもう遅いし、寒いから帰ろう。明日にしよう」

「えっ、そんなのやだ〜。おかーさん、約束はちゃんと守らないとダメなんだよっ」

「そうだけど、今日はほら、もう真っ暗だし」

「約束を破ったら子供が真似するよっ」

「わかったわかった。じゃあ十五分だけね」

こぴくんママは騒ぎ出した息子に根負けすると、カバーの中でぬくぬくとゲームをしている肚に視線を向けてから、「じゃあね。肚ちゃん、また明日」と声をかけて坂道を下って行った。

吹きさらしの後部座席で「公園、公園」と大声で喜んでいる男児をじっと目で追っていた推子も、「ほんとに子供らしくないわね」と呟いたあと、道の反対側へとママチャリを漕ぎ出した。

ネットで取り寄せた無農薬野菜を中心に作った夕食を食べ終わると、お姉ちゃんの津無はいつものように食卓で宿題を始めた。

宿題と言っても、推子が子供だった頃とは違い、漢字の書き取りや計算問題、国名や首都を暗記するような課題は一切ない。インターネットを用いて資料となりそうなものを片っぱしから収集し、URLを貼り付け、データとしてまとめて提出するのである。出典を明記すれば、見知らぬ人間の発言を丸々引用することも盗用とされず、コピペとも見なされない。学校でも塾でも、自分の意見より情報の取捨選択能力が何よりも重視されるのだった。

「あ、待って。お姉ちゃん、宿題の前に食器片付けちゃってよ」

「わかった」

端末を置いたお姉ちゃんは嫌がるでもなく立ち上がり、早送りのようなスピードで食器をシンクに運んで戻って来た。

もうすぐ小学四年生になるお姉ちゃんは有名な私立小学校に入れたお陰か、最近めきめきと等質力が増している。

お姉ちゃんは一歳になる前からデジタル機器を使いこなし、提供されるコンテンツを母乳より多く摂取した、標準的な子供だった。零歳児の彼女が誰に説明を受けるでもなく端末の操作方法を理解し、画面に指を滑らせているのを見た時、推子はまるでそれまでなかった革新的なデジタル機器が世の中に現れたような、漠然とした感動を覚えた。

そして推子の予感通り、この世代の子供達はあらゆる面において自分達とは別のヴァージョンの生き物だった。

　どの子供も推子達より一回り以上、眼球と頭部が大きく、その風貌はどことなく地球外生命体を彷彿《ほうふつ》とさせた。さらに生まれた瞬間からコンテンツを与えられた子供達は、情報処理能力が異常なまでの発達を遂げたお陰で、常に複数のタスクを与えてやらないと満足できない体になり、反射速度も運動速度もすべてが加速したのだった。

　ついこないだ、「今の子供は我々大人の約二倍の体感速度で生きている」という記事がネット上で話題になったが、ほぼ同時に推子は、「平均寿命の更新が天井知らず！」というニュースをあちこちで目にした。こぴくんママはこの時、時間を倍長く感じる上、死なない体を与えられてしまった息子の老後を想像して絶望し、こんな時代に産んでしまったことを後悔して一晩泣いた、と推子に打ち明けた。

　その話を聞いて、推子は有機栽培小梅を口の中で転がしながら助言した。

「そんなに辛いなら、今からでもデジタル機器を無制限に与えればいいんじゃないの？」

　しかし、こぴくんママは激しく首を振って、いつもの拒絶反応を示した。

「そんなことしたら、あの子が人間らしくいられなくなる」

「じゃあ、読書でもさせるつもり？」

「それも考えたけど、無理」

「なんで？」

「だって文学や映画なんか迂闊《うかつ》に与えて、物事を深く考える子になったらどうするの？　この時代に人生の意味なんて考え始めたら自殺するしかなくなるじゃない」

　そう呻くこぴくんママを見ながら、推子は、小学校にあがったこぴくんが他の子供達の中で孤立するのは時間の問題だろう、と興奮せずにいられなかった。

　何しろ、動画を三倍速で観る今の小学生のやりとりは恐ろしく速い。母親世代の中ではかなり即応しているはずの推子ですら、子供達だけの会話を聞いていると、そのうち頭が痛くなってくる。

　日々、一緒の組で過ごしている肚はさほど違和感がないらしいが、お姉ちゃんなど動きの遅いこぴくんを露骨に珍しがっており、前に一度、家に親子が遊びに来た際は帰った途端、「あの子、相当カイタイだねっ」と無邪気に、若者達の間で流行っている言葉を口にした。

「こら。お姉ちゃん、どうしてそういうこと言うの？　駄目っ」

「えっ。だってどう見ても、カイタイじゃん。ママ、いつもオレラに嘘は吐いちゃダメって言うのに、どうしてカイタイにカイタイって言っちゃいけないの？　オレラは思ったことを話してるだけなのに」

　小学生になってから、お姉ちゃんの言語はますます知らない外国語のようになり始めていた。インターネット上でいじくり回された言葉は意味も用途も上書きされ続け、たとえば「夏の蛍のように」という儚《はかな》さを表していた昔の比喩は、「ひと夏も消えないのなら、むしろしぶといのではないか」とネット上で誰かが言い出したことで、正反対の意味に生まれ変わり、「夏の蛍のようにしつこいあの人」などと使われるようになった。代わりに儚さを強調したい時は、「こないだ買ったばかりの最新機種のように」と表現しなければならない。

あらゆる感覚に齟齬《そご》が生じ始めているらしく、何度「オレ」は男の子が使う一人称だからおかしいでしょ、「ら」は複数形だから自分一人を指す時に使うものじゃない、と注意しても話が通じない。初めは反抗期なのかと訝《いぶか》ったが、どうやら本当に〈男の子と女の子〉、〈自分とみんな〉の境界がよくわからないようで、最終的にはそんなことにこだわる必要がもうこの子達にはないのだろう、と推子も納得した。

食事が済むと、推子は小皿とフォークを食器棚から持って来て食卓に並べた。冷蔵庫で冷やしてあった小箱のシールを爪で剥がして蓋を開けると、中には上白糖がたっぷり含まれていそうなショートケーキにモンブラン、それと焼きプリンが入っていた。こんな添加物まみれのものを推子なら絶対に買わないが、夕方、隣に住む元夫の母親にもらったものなので、捨てるわけにもいかない。

「二人とも。おばあちゃんにケーキもらったよ」

推子が声をかけると、ソファにきちんと腰掛け、板状デバイスをいじり続けていた肚が取り出したケーキを一目見るなり、「いらない」と首を振った。

「え、いらないの。なんで」

「食べちゃ駄目って言われてるから」

「誰に」

「先生に」

「あ、そっか。そういえばそうだったわね」

給食の味付けが調整され、家でもなるべく調味料を使わないようにと指導されていることを思い出して、推子は頷いた。「おいしいまずい、を判断する味覚は将来的に不要である」と世界児童保健機関が出した提言に基づき、味にこだわらないようにするための体質改善が園でも今月から始まったのだ。

「お姉ちゃんは？」

「いらない」

当然のように返ってくる答えを聞き、推子は「じゃあママが食べるね」とケーキの皿を引き寄せたが、卒園式に向けダイエットしていることを思い出し、結局ディスポーザーですべて処理することにした。

手の甲を操作し、舌の上にケーキの味を再現しながらシンクを覗き込むと、さっき置いた皿は食洗機に自動でセッティングされ、洗浄が始まっていた。風呂に入ると、完全防水の板状デバイスをいつものように浴槽の蓋に置いた肚は「ええ愛になる練習するね」と言い出して、バッテリーが切れたように体を静止させたまま画面に見入り始めた。風呂からあがった推子は、ひとりで寝支度を済ませた姉妹の背中を「はい。おやすみ」と叩いて、子供部屋に向かわせた。

今の子供は大体四、五歳頃から徐々に夢を見なくなっていくらしいが、推子の娘達は二人ともトレーニングもしていないのに、三歳になる前にはすっかり「夢離れ」が完了していた。

子供達がなぜ夢を見なくなったのかは、まだはっきりと解明はされていない。しかし日中の膨大な情報量を寝ている間に処理しようとすると容量オーバーになるため、スリープモードのような方法を脳が採用し始めたのではないか、というのが脳科学界の大方の見解であるらしかった。お姉ちゃんも肚も夢を見なくなってから、格段に聞き分けがよくなった。質のいい睡眠が確保され、悪夢にうなされることもないからか。朝、布団から出たくないとぐずることもなく、園で調整されている室温のように機嫌も年中一定になった姉妹は、二段ベッドの上下で寝ている間も上を向いたまま、寝返りさえ打たない。

ひとりになった推子はキッチンでいそいそとグラスに飲み物を作った。最近の一軒家は気密性が高いため、真冬でもこうして氷で冷やした炭酸水を飲みながらTシャツ姿で過ごすことができる。

リビングの掃き出し窓の外にはウッドデッキが伸び、小さな庭の芝生へ直接行けるようになっていた。寝室に面した一角にはちょっとした花壇があり、品種改良されたパンジーとマリーゴールドが一年中咲き誇っている。この家は元旦那の実家が隣にあり、元は物置が建っていた土地を譲ってもらえたお陰で、新築で手に入れることができたのだ。狭いながらもシンプルで機能的なデザインが、推子の密かな自慢だった。

　推子は中でもいちばんのお気に入りである、キッチン脇に併設されたパソコンスペースに陣取った。

　冷蔵庫脇の小さなデスクに置かれたノート型パソコンは、家族共用という名目ではあったものの、ほとんど推子専用になっている。

　推子は「あー。今日もよく頑張った」と言いながら椅子の背もたれに思いきり体重をかけ、背筋を伸ばした。前はこんな時「あー疲れた」とついつい口にしていたが、言葉をポジティブに変えるだけで人生が上向きになるという最近ハマり出したスピリチュアル系の動画を見てからは、それを必ず実行するようにしていた。八秒間深呼吸しながら行うセルフハグも毎日続けているためか、推子の気分はいつも前向きだった。

　推子は耳朶に触れ、イヤフォンから音楽を流すと、パソコンを起動させた。デスクトップに契約農家のＨＰと、検索エンジンのトップページのウィンドウを二つ同時に表示させてから、検索欄に「オフライン依存症」と素早く打ち込む。

「やっぱり食材もコンテンツも、自然由来がいちばんよねぇ」

　このところお気に入りで毎日飲んでいる強炭酸塩サイダーを口に含んだ推子は、こぴくん親子のことを思い出しながらしみじみと独りごちた。

　推子にとって「結婚」や「出産」、そして「離婚」「シングルマザー」といった活動はすべて、寿命や金銭や労力を対価に支払って得ることのできる、天然のコンテンツだった。

「子育て」はそんな中でも、最上位に優良なコンテンツと見なしており、これほど無心に没頭し、時間を消費することができるエンターテインメントは他にない、と推子は常々考えていた。当然、推子はそのようなエンタメ性を期待して津無と肚を出産したのだが、あまりにうまく育ててしまったために、手がかからな過ぎるという思わぬ事態が生じてしまった。二人姉妹に物足りなくなった推子は複数動画を同時再生するような感覚で、そろそろ三人目もいいのではないか、と考えるようになった。そしてこぴくん親子を間近で観察するうち、三人目はぜひ、自分もあのような手のかかる子供を産み、煩《わずら》わされながらも最終的には誰よりも等質な子供に仕上げたい、と切望するようになっていたのである。

そのため、オフライン依存に関する情報などすでに散々調べ尽くしていた。もう目新しいものはないだろうとこの日もほとんど期待していなかったが、前から気になっていた絶版の書籍を見つけた推子は、すぐにカートに放り込んだ。

『笹塚佐々子教育実践集～ニンゲンであるために』。書名からして胡散臭《うさんくさ》いが、オフライン依存症の子供を持つ親にバイブルとまで絶賛されている本である。塩サイダーの刺激を喉に流し込みながら推子は教育実践集のレビューにざっと目を通した。

著者は六十年以上、教育の現場に身を置いて、千人以上の子供達を見てきたという現役の教師らしい。「オフライン依存の子供は他の子よりも特別な力を備えた子供である」、「信念のもとに、彼女が創立した全寮制の小中高一貫校には、今も全国からたくさんの子供が集まり、通信機器を一切持ち込まない環境で、子供本来の潜在的な力を伸ばしている」、「佐々子先生の両親は夫婦で小さな豆腐屋を営んでいた」などという書き込みが目に入った。

推子は同時に開いたもう一つのＨＰで無農薬の寒玉キャベツと自然薯《じねんじょ》、金時にんじんなどを選んで次々カートに入れながら、著者の過去のインタビュー記事や、実際我が子を山の中の学校に預けた親の日記まで読み漁った。彼女を絶賛する人々は多かったが、学園を「藁《わら》にも縋《すが》りたい依存症患者の家族を食い物にする宗教団体」と猛烈にバッシングする声も次々と見つかった。梅の木を背景にして撮影された著者の写真を見る限り、べっ甲縁の眼鏡をかけた女性は品のよさそうなおばあちゃんにしか見えない。

ちょうど来週、彼女が理事長を務める〈お麩来《ふらい》ン学園〉の学園説明会が校舎で行われるらしいという情報を発見した推子は、人差し指を素早く動かして、有機野菜と教育実践集の支払いを済ませた。

新幹線のチケットの購入画面を確かめてから、朝、玄関でパンプスを履いていると、制服姿の肚が推子の顔をまじまじと見上げて言った。

「ママ、どうして顔が違うの？　どっか行くの？」

数年前に在宅でのリモートワークに完全に切り替わってから、推子が朝からスーツを着て化粧をしていることなど滅多《めった》にない。

「どこにも行かないよ」

にこやかな笑顔でそう答えたが、推子は今日、会社に有給を申請していた。これから園に肚を送り届けたその足で、こぴくんママとあの怪しげな学園の説明会に連れ立って行くためである。申し込みしてから三日後、説明会の詳細が書かれた葉書を受け取った推子は、こぴくんママにこういうバイブルがあるらしいわよ、と教育実践集をさりげなく勧めることに成功していた。思った通り、ネットをほとんど利用しないこぴくんママは笹塚佐々子先生の存在をまったく知らない様子だった。

「これ、推子さんも読んだの？」

「うん、まあ」

推子はそう言葉を濁しながら、古本屋から届いた分厚い書籍を手渡した。電子書籍ですらほとんど読まなくなった推子にとって、いくらオフライン依存症の子供に関する内容とはいえ、320ページに及ぶ実践集を読破することなど不可能だった。レビューを拾い読みしただけであることを悟られないうちにと推子は説明会の葉書を見せながら、「もし興味あるなら一緒にどう？」と誘った。

「推子さんも？　どうして？」

「こぴくんママの話を聞いて、私ももう少し、子育てについてちゃんと考えたくなったのよね」

推子は適当な理由をつけて、訝るこぴくんママを納得させ、一緒に行く約束を強引に取り付けたのだった。

ズポポ組さんに肚を送り届けた推子は最寄り駅に向かうために早く園を出ようとしたが、その時、ホールの棚に設置された飼育ケースを熱心に見上げている男児の後ろ姿を発見した。

「おはよう。こぴくん、何してるの?」

九時を少し回っていたため、各保育室からは朝の会の電子オルガンの演奏が聞こえ始めている。遅刻を厳禁とする園のホールには、他に誰の姿も見当たらなかった。

額をガラスに押し付けた男児は恍惚《こうこつ》とした顔つきで、飼育ケースを熱心に見つめていた。

「何か育ててるの? カブト虫?」

推子はそう言って、本物の昆虫を滅多に見ることがなくなった子供達のためにと導入された、好きな昆虫を擬似飼育体験できるバーチャル遊具を後ろから覗き込んだ。カブト虫やオオクワガタ、モンシロ蝶やテントウ虫などがいつも育成されている、園児達に大人気の遊具だ。

「何が見えるの? ここに《そこ》」

推子は男児の機嫌を損ねないように、空っぽにしか見えないデジタル飼育ケースを覗き込みながら、もう一度問いかけた。

鼻から息を飛ばしながら、こぴくんは嬉しげに振り返った。

「え、何って新しい生き物だよっ。ぴーくんがハカセと二人で考えて、こんなにもいっぱいハンショクさせたんだ〜。すごいでしょ〜?」

「新しい生き物かあ。すごいね。どんな生き物なの?」

「え。それはねえ、変身できたりとか共食いする生き物!」

「へえ、怖いね」

「怖くないよ。共食いするけど、すぐハンショクするから、どんどん増えていくんだよ!」

「へえー」

推子は感心したように男児と並んで空のケースを覗きながら、さりげない口調で尋ねた。

「ねぇ、こぴくんは、どうしてみんなみたいに〈板〉で遊ばないの?」

「え、どうしても何もないでしょ。どうしてもでしょ〜」

園でもしつこく質問され、辟易《へきえき》しているのだろう。こぴくんは明らかに機嫌が悪くなった様子で答えた。

「そう? だって子供ならみんな、〈板〉大好きでしょ?」

「え、あんなの全然おもしろくないよ。それより、宇宙のハカセとこうやって遊ぶ方が、い〜ちおくまんばい、楽しいよ」

「宇宙のハカセって誰だっけ？」

「え。ハカセはハカセだよ。宇宙にいる、宇宙でいちばん偉いハカセで、ぴーくんとテレパシーでコーシンするの。前にも説明したでしょ？　もー、何回も同じこと言わせないでよ〜」

「あ、そういえばそうだったね。ごめんごめん」

推子は謝ったが、ふてくされた男児はそれきり、むっつりと黙り込んでしまった。いくら話しかけても返事をしなくなり、推子の存在などすっかり忘れきったようにケースに見入っている。こんな些細なことでいちいち機嫌を損ねる子供の煩わしさに感動し、推子が第三子への憧れをますます募らせていると、

「あっ！　こんなところにいた！　ぴーくん、先生探したよ。お部屋から出ちゃ駄目でしょ！」

という声がし、ピンクのエプロンを着けたよぽぃん先生が棚の向こう側に立っていた。

「あれ、肚ちゃんママ。どうしたんですか」

「あ、先生。今ちょうどこぴくんに、新しい生き物のこと、教えてもらってたんです」

推子の返事を聞いた先生は棚のこちら側に回ってくると、「ああ」とケースを一瞥《いちべつ》してから言った。

「ハカセと考えた生物でしょう？　こぴくんにしか見えないけど、ここで隙間もないくらい、ぎっしり繁殖してるらしいですよ」

二人がいなくなったあと、推子はもう一度、飼育ケースを覗き込んでみた。だが、やはりどれだけ目を凝らしても、空っぽのデジタル空間が無機質な光を白々《しらじら》と放っているようにしか見えなかった。


乗り継いだターミナル駅構内にある小型売店で弁当を買い、新幹線でみちみち食べながら行くつもりだった推子は、ろくにメニューを見もせずにいちばん人気の幕の内弁当を買うと、慌ててホーム行きのエスカレーターに飛び乗った。もしこれで駅が混雑していたら間に合わなかったかもしれないが、幸い、ネット空間で瞬時にどこへでも行ける上、マンインデンシャが違法になり、オフィスという概念がなくなってくれたお陰で、ターミナル駅とは思えないほど駅構内は閑散としていた。

ホームに着いた推子は靴音を響かせて、すでに停車していた新幹線に乗り込んだ。減便されたにもかかわらず車内はがらがらで、推子はすぐに通路側に着席しているこぴくんママを見つけることができた。

「おはよう」

「あ、おはよう。推子さん」

こぴくんママも推子に気づいて顔を上げた。個人面談があってからこの二週間、ろくに食事も喉を通らなかったのだろう。顔はやつれ、もともと白かった肌はうっすら青みがかり、徹夜でもしたのか目まで赤い。お姉ちゃんの小学校説明会を思い出し、推子は濃紺のスーツを着用してきていたが、こぴくんママはロゴの入ったトップスにワークパンツにスニーカー、カジュアルなジャケットという軽装だった。

あとで着替えるつもりだろうかと思いながら、推子は窓側に腰を下ろし、こぴくんママにさきほど売店で買ったホットの缶入りほうじ茶を手渡した。

「大丈夫？　ちゃんと寝れてるの？」

こぴくんママは「ありがとう。うん。なんとか」と呟いて、ほうじ茶を受け取った。

「ほんとに？　ご飯もちゃんと食べてないんじゃないの？　病人みたいよ？」

「だってあの子の将来のこと考えてたら、食欲が湧かなくて」

「考え過ぎてもよくないわよ」

推子はそう言いながら、広げた折畳式テーブルに弁当と缶入りほうじ茶、それに須磨後奔を手際よく設置した。いそいそと弁当の蓋を開けていると、空気を震わせるようなメロディが鳴り、超電動磁力で線路から浮上した列車が無音でホームを出発した。

箸袋から箸を取り出した推子は早速幕の内弁当を食べ始めながら、須磨後奔を触り、家を出た時から流し続けていたドラマを別の動画に切り替えた。ふと隣を見ると、こぴくんママはカバーの掛かった書籍を数冊、折畳式テーブルに積み上げている。

「それ。もしかして……先生の本？」

「そう、著作。全部読みたくて古本で探したの」

「今から読むの？」

「まさか。ここにあるのはもう全部読んだ。これから先生に会う前に、再読しとこうと思って」

箸で蒲鉾を摘《つま》み、「アーン。そうなんだ」と相槌を打った推子は、「ていうか、なんで電子書籍で買わないの？」と折畳式テーブルの上を不気味そうな目で見下ろした。

「なんでって。本当に気に入った本は、紙で欲しくなるでしょ」

何を訊かれているかわからないような口調で答えるこぴくんママは充血した目をうっすら滲ませながら、「推子さん、笹塚先生のこと教えてくれて、本当にありがとね」と感謝の言葉を口にした。

「あ、そうなんだ。やっぱそんなにすごいんだ、その人」

こぴくんママの手の中の書籍の端からは、びろびろに反り返ったたくさんの付箋が逃げ出そうとするかのように突き出ていた。こぴくんママは興奮した口調で話し始めた。

「うん。私がこれまでずっと思ってたけど、うまく言葉にできなかった違和感が、ここに全部書かれてる。この二週間、あの子を外来に受診させるかどうか悩んでたけど、先生の本を読んで決めたよ。推子さん、私、あの子を病院には絶対連れて行かない」

「え、そうなの」

「うん。子供を病院にだけは連れて行くな、って先生の本にも書いてあるでしょ」

「でも、それじゃどうやってこぴくんを治療するのよ？」
「推子さん。あの子の感覚はさらに発達させていかなきゃいけない、人間らしく生きるために必要な能力なのよ。私、この学園にあの子を預けたいと思ってる。十二年間、あの子と別々に暮らすなんて考えただけでおかしくなりそうだけど、でも外の世界であの子が等質にされるよりマシでしょ？　この学園でならこぴも人間らしく生きられるし、幸せになれると思う。推子さん、先生のこと、教えてくれて本当にありがとね」

こぴくんママはもう一度礼を言い、箸を持った推子の腕を力強く握りしめた。推子が勢いに押されていると、こぴくんママは「じゃあ時間がないから」と言って書籍を開き始めた。

推子は動画を鑑賞しながら、箸で崩した俵形の飯や、多量の食用油で揚げた海老、インゲンを口に運んだ。少しして、またふと顔をあげると、車窓の外を民家や山々が吹き絵で飛ばされる絵の具のように後方へと高速で流れていくのが見えた。推子はその景色を少しの間、正視したのち、何事もなかったかのように意識を須磨後奔へと戻した。推子にとって、ぼんやり車窓を眺めて物思いに耽る、という行為は、いつからか苦痛以外の何物でもなくなっていた。

デジタル機器がこれほど体の一部になる以前、推子にも、なんとなくこのままではいけないような気がして、こぴくんママのように電車に文庫をせっせと持ち込んでいた時代があった。これを読めば人生が変わる。死ぬまでに読みたい一冊。そんなふうに謳《うた》われる名著を今日こそは、と意気込んでバッグから取り出すものの、結局いつも文庫は板状デバイスに出番を奪われ、一度も開かれないまま目的の駅に到着した。そんなことが続くうち、推子は文庫自体を持ち歩かなくなっていた。気づけばページを捲って長い文章をわざわざ読む、というまどろっこしい作業を体が受け付けなくなっていたのである。

頭の中では、本当にこれでいいのだろうか、という声が、湧いて出てくる虫のように蠢《うごめ》くこともあった。こんなことに時間を空費していたら将来、絶対に後悔する。豊かな人生を送るためにすべきことがもっと他にあるはずだ。そんな声を聞きながらも、推子はさらに刺激の強い、中毒性の高いコンテンツにのめり込んでいった。そのうち、体は情報が注ぎ込まれていなければ不安を覚えるようになり、五分にも満たない時間でさえ、何もせずに手ぶらでぼんやりすることができなくなっていた。とうとう推子がなんの抵抗もなく、自分にオススメされるコンテンツを延々と愉しめるようになった頃、頭の中にあれほど湧いていた声は駆除されたように聞こえなくなっていた。

肚やお姉ちゃんを見ていると、もしかするとこの子達は〈ジブン〉というものを意識することなく一生を終えるのかもしれない、と思うことがある。

今の子供達にはかつての推子のように、頭の中に聞こえるもうひとりの自分の声、など初めから存在しないのだろう。

噛んでいた米から甘みが消えていることに気がついた推子は慌てて車窓から目を逸ら

し、ほうじ茶を喉に流し込んだ。耳朶を触って動画の音量をあげると、コンテンツはあっという間に推子を快適なデジタルの世界へと引き戻してくれた。

新幹線を降りた推子達は電車を乗り継ぎ、駅前のロータリーでタクシーを拾った。

予《あらかじ》めアプリケーションで目的地を指定しておいた推子が手の甲を読取部に翳すと、「お麩来ン学園ですね」という落ち着きのある声がして運転手不在のままタクシーは発進した。安定感のある滑らかな走行に身を委ねた推子は、同じズポポ組の鼻蔵《びぞう》くんがタクシーを自動運転するええ愛になりたいと言っていたことを思い出しながら、須磨後奔と車内デバイスから流れる動画広告を視聴した。

前の乗客の匂いが、微かに残っていた。チョコレートの包み紙のようなその匂いを嗅いでいると、タクシーは市街地を抜け、赤い欄干《らんかん》の大きな橋を越えた。橋の下に流れている川が曇天《どんてん》の空を映したようにどんよりとした色をしている。山道を走行している最中、車は激しく揺れたが、こぴくんママは一度も書籍から顔をあげず、見ている推子の方が酔ってしまいそうだった。

「目的地に到着しました」

降ろされた場所は、想像していた以上に山奥だった。寒々とした冬木に囲まれて、切り拓かれた土地に木造校舎らしきものがぽつんと建っている。舗装されてない道を門扉まで歩くと、門柱には〈お麩来ン学園〉と彫った木板が掲げられており、その下には

〈学園説明会会場〉という立て看板が出ていた。

「寒いわね」

手袋を嵌めた推子は思わず身震いしながら呟いた。山奥だからと厚着をしてきたにもかかわらず、骨が軋《きし》むような冷気が鋭く毛穴に染み込んでくる。都会とは寒さの匂いからして違うようだった。

事前に申し込みを済ませていた推子は守衛小屋の前で葉書を見せてから、コートに身を包んだ人々に付いて行き、校舎に足を踏み入れた。

肚の通う保育園のような深々と深呼吸したくなる木の香りとは違い、すえた黴臭《かびくさ》い匂いのする下駄箱で、推子は段ボール箱に突っ込まれた海老茶色のスリッパに履き替えた。

こぴくんママと並んで、恐ろしく底冷えのする木造の廊下を縮こまりながら歩いていくと、すぐに天井が半円形に膨らんだこぢんまりとした体育館に辿り着いた。

若者のようなキャップを被った白髪の男性が机を出して受付のようなことをしていたので、推子も前の人に倣《なら》って記帳したが、そこに書いた氏名、住所、連絡先はすべてでたらめだった。隣を覗くと、こぴくんママは自分の情報を素直に書き込んでいる。

キャップの男性が銀色の巾着《きんちゃく》のようなものを差し出しながら言った。

「じゃあここに、お持ちのデジタル機器の電源をすべて切ってから入れて下さい。帰る時にお戻ししますからね」

推子は辺りを見渡した。こんな怪しげな袋に、すべての個人情報が詰まった須磨後奔を預ける人間などいるわけがないと思ったのだが、こぴくんママはなんの躊躇もなく端末をその銀色の袋に入れている。

「どうしたの。推子さんも早く」

不思議そうに促すこぴくんママに、推子は「大丈夫なの？」と声を潜めた。

「大丈夫って何が？」

「何って。そんなわけわかんない袋に入れちゃって本当に大丈夫？　スキミングとか絶対されるよ」

「何言ってるの。そんなことされるわけないでしょ。先生の方針で、学園内はあらゆるデジタル機器類の使用が禁止されてるのよ」

「にしても」

「ごちゃごちゃ言ってないで、推子さんも早く」

推子は仕方なく須磨後奔を取り出したが、こぴくんママの意識が自分からそれた一瞬の隙に、コートのポケットにその端末を素早く戻した。少し先にまた同じような受付机があり、そこで再び人が立ち止まっていた。

「何あれ」

推子が伸び上がるようにして呟くと、背の高いこぴくんママが目を細めて言った。

「体内埋込機器を調べてるみたい」

こぴくんママの言う通り、列の先では空港の検査場のように入念な身体検査が行われていた。こぴくんママに続いて、推子も何食わぬ顔で通過しようとしたが、その途端、金属探知機を持った職員の手から甲高い警告音が鳴り響いた。

右耳と左耳。手の甲。舌先。それに小鼻の両脇。検知された箇所に職員は「電磁波を遮断しますね」と言って銀色の厚みのあるテープを次々に貼りつけていった。舌にはひんやりとした、薬品臭いクリームのようなものが塗られた。当然ポケットの須磨後奔も没収されてしまい、推子が不安にかられながら歩き出すと、「そんなとこにも埋め込んでたの」とこぴくんママが小鼻の両脇に貼られたテープに蔑《さげす》むような視線を向けた。

「え？　鼻？　ああ、そうそうそう。これ便利なのよ。いつでも好きな匂いが嗅げるし。アロマとか」

小さな体育館は椅子席を取り囲むようにして四台のストーブが焚かれていた。パイプ椅子は演壇に向かって十二脚が四列、計五十名近くが座れるように配置されていた。演壇の後ろには学園の校章が縫い込まれた校旗のようなものが飾られ、こんな辺鄙《へんぴ》な山奥の学園だというのに、七割近い席がすでに埋まっていた。みんな、オフライン依存と診断された子を持つ親達なのだろう。どの参加者も、こぴくんママと同じく憔悴し、どことなく陰気な顔つきをしているように見える。だというのに目だけが何かを期待するように、ぎとぎとしているような者も見受けられた。

参加者は八割方、推子と似たような服装——知性と品性が最大限引き出されながらも自己主張しない控えめなスーツを着用していた。しかし、どういうわけか残り二割ほど、こぴくんママと同じように、これが面接試験であればただちに不採用が決定しそうな格好をしている人々がいた。

「着替えないの？」

空いた席に座りながら推子が訊くと、こぴくんママは、「規律に捉われない、自由な精神性がここでは何より重要視されるのよ。むしろそんなスーツを着ている方が心配よ」と言いながらコートを脱いだ。

保育園が半義務教育化されてから、子供を休園させるためには煩雑な手続きが必要になったからだろう。子連れの親はひとりもなかった。顔や体の至るところに銀色のテープが貼られた保護者達は端末を没収され、手持ち無沙汰なのか、見るからに落ち着きをなくしている。推子自身、これほど長い時間、ネットに繋がっていない状態でいること自体、思い出せないほど久しぶりで、さきほどからまるで禁断症状のように体がそわそわしていることに気づいていた。脈が乱れ、口の中が乾き、シャツの脇の辺りが汗でしっとり湿っている。素っ裸にされてパイプ椅子に縛り付けられているような不安に耐えられず、推子は壁にかかった時計を見上げた。針は説明会の開始時間まであと五分を指していた。それを知った瞬間、視界が両端からぐにゃりと音を立ててねじ曲がっていくような堪《こら》えがたさを覚えた推子は、「ちょっと、ごめん。始まる前にトイレ行ってくる」と隣で先生の著作を読み耽り始めたこぴくんママに言い置いて、椅子から立ち上がった。数名の保護者の膝にぶつかって迷惑そうな顔をされながら、通路に出て、体育館端の女性用トイレに入った。

　個室のドアを閉めるなり、推子は体に貼られていた電磁波遮断テープを次々と剝がしていった。思った以上に粘着力が強く、皮膚にぴりっとした痛みが走ったが、力任せに引っ張った。推子はバッグの底に忍ばせていたお陰で没収を免れた、もう一台の予備の須磨後奔を取り出し、震えそうになる手で電源を入れた。起動音が漏れたので、慌ててBluetooth 接続し、トイレの壁にもたれかかるようにして小さな画面から動画と音声を呼吸も忘れて貪った。

　体内チップと同じく、推子はもう、ネットに接続していないで平気でいられた頃のことを思い出すことができなかった。情報に脳が浸《ひた》されていない状態に、どうやって自分が耐えていたのかわからない。頭の空き容量に必死にコンテンツを注入し続けていると、ようやく心臓が落ち着きを取り戻し始めたようだった。

　推子は手洗い場で手を洗い、鏡を見ながら念のため髪の毛で耳朶を隠した。テープを剝がした顔を俯《うつむ》き加減にして戻ると、ちょうど演壇に女性が颯爽《さっそう》と現れたところだったので、推子は後ろの人の邪魔にならないように体を屈め、パイプ椅子に着席した。

「みなさん、今日はわざわざワタクシどもの学園にお越し頂いて、ほんとうにありがとうございまーす！」

選挙立候補者さながらににこやかに手を振る、壇上の女性は、著者近影や検索画像で見た笹塚佐々子先生そのひとだった。トレードマークのべっ甲縁の眼鏡をかけ、鉤針編《かぎばり》みのカーディガンを羽織り、首にスカーフを巻いたその姿は、九十歳を越えているとはとても思えない。

きびきびとした身のこなしでパイプ椅子に着席する参加者をぐるりと見渡した佐々子先生は、「子供の力は無限大！」とテニスボールをスマッシュするような声で叫んでから、演台に準備されていたマイクを手に取った。

「お父さんお母さん、初めましてっ。ワタクシがこの学園の理事長兼現役教師を務めております、笹塚佐々子です。突然ですが、みなさん。お子さんにはデジタル機器を一切与えず、とにかく野山で駆け回らせるのが望ましいんですよ。二十四時間、三百六十五日、オフラインの状態がいちばん望ましいんですっ。これからワタクシがその証拠をお見せしていきます。論より証拠！　ここでの学園生活がどんな影響を子供達に与えるのか、みなさんの目でしっかり確かめて下さいっ」

佐々子先生がさっと片手を挙げると、数名の職員が手分けして体育館中の窓のカーテンを閉め切った。いつのまに下ろされたのか、さっきまで校旗が掛かっていた演壇の壁側に、白いスクリーンが用意されている。カタカタという音がしたのでそちらを振り返ると、椅子列のいちばん後ろに骨董品のような映写機がセッティングされており、薄暗い中、そこから光の筋がまっすぐ正面に伸びていた。

日中で光量が足りないのか、初めはよく見えなかったが、目を細めるうち、スクリーンに投影されているのは学園の普段の授業風景らしいことが段々とわかってきた。教室にいる子供達が板状デバイスも与えられず、ひとりひとり目を閉じて瞑想のようなことをしている。後ろの壁には「家畜になるな！」「人間らしくあれ！」「三百六十五日、二十四時間オフライン！」などという標語が飾られており、それを目で追っていると、場面が唐突な感じで切り替わり、外遊びの光景になった。叫び声をあげている最中と思しき子供達が裸足で猿のように木に登っているシーンや、半裸で相撲を取っているシーン、泥池でどろどろになって遊んでいるシーンなどがしばらく続き、そしてまた唐突な感じで一枚の子供が描いた絵に切り替わった。既視感のある記号的で説明的な絵が、段々と規則性のない、躍動感のある大胆な抽象画に変化していく。どうやらそれは同一男児による作品群らしく、こうやって一枚ずつ順番に見せることによって、学園に入りコセーを取り戻していく軌跡、を印象付けようとしているようだった。

　最後に「入園直後」「卒園直前」というキャプションがそれぞれ付いた児童の集合写真が映し出され、その違いをこれでもかというほど目に焼き付けさせてから映像が終了した。蛍光灯がまばらにつき、推子が目を瞬かせていると、今度はいかにも講演会風の書体で「この時代にニンゲンとして生きる」という文字がスクリーンに現れ、佐々子先生が再びマイクに口を近づけた。

「お父さん、お母さん。〈家畜〉とはなんでしょう」

その問いかけに答えるものは誰もいなかった。静寂に包まれた体育館を見回した先生は、保護者達の反応に満足げに頷いてから、

「家畜とは〈人工環境の下に置かれ〉、〈食料が自動的に供給され〉、〈自然の脅威から守られ〉、〈繁殖を管理され〉、〈人間によって品種改良され〉、〈死をコントロールされる〉ものです」

と静かに語り出した。

「このことは一九三四年にすでに、ドイツの人類学者によって定義付けされているんですよ。みなさんはこの家畜の条件を聞いて、どんな動物を思い浮かべましたか。牛？豚？　馬？　鶏？」

身振り手振りを交えた先生は参加者の興味を惹きつけ、そして完璧な間合いを取ってから、「違いますよね。人間ですよね。人間。人類。現代人。ヒト！」と断言した。

推子が観客席に座らされた声の出ない人形のような気分になっていると、先生はさらに続けた。

「そうです。この条件すべてが現代文明の中で生きる我々にそっくりそのまま当てはまるのですっ。我々は人間が作り出した巨大インフラ、情報システムの中で暮らし、二十四時間開いているコンビニエンスストアに囲まれ、整備された川の近くの耐震構造の家に住み、不妊治療で子供を準備し、かと思えば出生前診断で優良でない結果が出れば中絶し、整形を繰り返し、安楽死や尊厳死を認めて予期せぬ死を徹底的に排除しようとし

ているっ。これが家畜の生き方でなくてなんでしょう？　文明社会の中で我々人間はずっと自分で自分を家畜化し続けてきたんです。しかも、ここに来て加速度的にその流れが進んでいる。原因はわかりますね？　そうです。インターネットを利用したデジタル機器の普及です！」

語勢を強めた先生に圧倒されたように椅子席のあちこちでまばらな拍手が起きた。動画の音声をこっそり流していた推子が隣を盗み見ると、こぴくんママは身を乗り出すようにして、先生の話に聞き入っていた。

その後も先生の演説は白熱していった。そのうち「ネットを受け付けないのは、人間として正常な反応ですっ」「我々は仮想空間ではなく、現実空間で子供を育てるべきですっ」などと熱弁をふるっていた先生が、自分の言葉でどんどん発火していくように腕を大きく振り回し、「我々は豚ではないっ」「我々は自分達の手で、狂った社会から自分の子供を守らなければならないのであるっ」などと声を張り上げ出したので、推子はさすがにぎょっとして思わず周りを見渡したが、他の親達は先生の言葉にいちいち深く頷いたり、熱心にメモを取り続けているようだった。手を合わせて拝んでいるような女性を見ながら、彼女を支持する人々がネットで「信者」と揶揄《やゆ》されていたことを推子は思い出した。

佐々子先生は依存症児童のことを真顔で、「ギフトを授かったスペシャルな子供達」と呼んだり、「依存はコセー」などと繰り返した。推子には砂糖が過剰なほどまぶされた毒菓子がばらまかれているようにしか思えなかったが、中には何かが決壊したように ぼろぼろと涙を流す者まで現れ始めた。

説明の間中、「コンテンツを与えるのはよくないっ」「コンテンツは子供の脳を損傷させ、精神構造を破壊するっ」などと過激に繰り返す先生の言葉に食傷気味になり、もう一度トイレにでも行こうか、などと考えていると、先ほど受付係として応対していたキャップを被った初老男性が出てきて、「それでは、これから質疑応答に移りたいと思います」と進行してくれたので、推子はほっとした。

親達は熱心で、家で予め質問を用意してきたのか続々と手が挙がる。「どうしてこの学園は全寮制なんですか？　家から通わせることはできないんでしょうか」「できません。ワタクシはオフライン依存と診断された千人もの子供と保育、教育の現場でかかわってきましたが、親の目から解放された途端、別人のように目を輝かせ、生き生きし始める子供の姿を見続けてきました」「子供にとっていちばん大切なことはなんですか？」「来る日も来る日も、ひたすら野山で駆け回らせることですっ」「ネットには少しも触れさせてはいけないんでしょうか」「いけません。あれは猛毒です。あれが体に入ると、もうあなたの子供はあなたの子供ではなくなりますよ。脳が損傷し、精神構造を破壊されますよ」「お麩は本当に脳にいいんですか？」「ワタクシを見てください。ワタクシは実家が豆腐屋で子供の頃からずーっとお麩を食べさせられてきました。もちろん今も、朝は毎日お麩のお味噌汁を飲んでますっ」

熱心に質問する親達に羨《うらや》ましそうな眼差しを向けていた推子は、さきほどから隣でずっと黙り込んでいるこぴくんママを思い出し、そういえばと様子を窺った。深く頷く、メモを取る、拝む、などしているのではないかと思ったが、こぴくんママの表情は粉をまぶしたように不自然に強張っていた。推子がバッグに忍ばせていた小梅をこっそり口の中に放り込みながらさらに観察していると、壇上の先生を視線で固定してしまうように凝視していたこぴくんママが突然、すらりとした手を天井に向かって突き出し、「はい」と声を発した。

「じゃあ、そちらのお母さん」

演台からこぴくんママに気づいた佐々子先生が指名し、職員がマイクを小走りで運んできた。

マイクを受け取ったこぴくんママは先生から目を逸らさずに立ち上がり、「先生の人間本来の姿に回帰しようというお話は素晴らしいです。感銘を受けました」と丁重な口調で発言した。先生は無限大を示す∞マークのようにも見える眼鏡のフレームを触って笑みを浮かべた。

「ありがとうございます。賛同して頂けて、ワタクシも嬉しいです」

「ですが、」

先生の言葉を遮って、こぴくんママはにこりともせずに続けた。

「さきほどから、ここを卒業した子供がどんな大人になっているかについての言及が一切ないのはどうしてなんでしょう？　たとえば大学進学率、就職率、結婚率、出産率、生涯収入の平均。なんでもいいんです。離婚率。自殺率。そういったものが先生のどの著作にも、はっきりと書かれていませんよね？　私にはオフライン依存症の、六歳になる息子がいます。まだはっきり診断されたわけじゃありませんが、私は彼を先生の学園に入れたいと思っています。でもネットが猛毒だと十二年間徹底的に教え込まれた人間が、ここを卒業したあと、社会でどうやって生きていくんでしょうか。今は農業すら完全デジタル化されてますよね。私は今日ここで、そういう説明が聞けるのだと思って来たんです。お願いです。ここを出た子供達が幸せになっているという証拠を、何か一つでもいいから教えてもらえませんか？」

こぴくんママは切実な口調でそう言い終えると、両手で思いきり握りしめていたマイクを職員に返し、着席した。さきほどの熱が鎮火されてしまったように体育館は静まり返り、すべての人間の視線が壇上の佐々子先生に注がれていた。

どうなるのだろうかと推子も見守っていると、先生は眼鏡を外し、軽く目頭を揉むような仕草をした。妙に時間をかけてしばらくそうしていたが、やがて、「証拠ならありますよ」ときっぱり言って、空気を変えるように眼鏡をかけ直した。

「ですが、ワタクシにはその幸せになれる確証がほしい、という思考そのものが、成果主義である現代社会にすでに毒されているとしか思えないんです。どうしてそうやってすぐに成果を、結果を、見返りを形あるもので求めるんでしょう。お母さん。大事なことは子供達が人間として、本当の身体の喜び、生命の喜びを自分の力で見つけていくことじゃないんですか？　こうした子供の成長よりも大事なものがあるというなら、あなたはうちの学園の理念が理解できないということです。無理にお子さんをうちへ預けることはありませんよ。外の世界で、息子さんを育てていけばいいんです」

「私は」とこぴくんママが立ち上がって声をあげた。「私は息子がここで本当に幸せになれるのか、教えてほしいだけなんです」

「お母さん、何を幸せだと感じるかは人それぞれです。この学園はその幸せの感じ方を育てていく場所なんですよ」

「わかってます。でも今は農業ですら機械化されてるんです。そんな社会でどうやって……」

その時、佐々子先生がさっと客席の別の方向へ視線を送るのを推子は見逃さなかった。次の瞬間、スイッチを押されたようにあのキャップの男性が飛び出てきて、「えー。すみません。時間もないので、申し訳ありませんが、そろそろ次の内容に移らせて頂きたいと思います」と恐縮しながらも強引に質疑応答を打ち切った。

先生は「ごめんなさいね。ゲストをお待たせしてるんですよ」と困った顔をすると、まだ立ち上がったままのこぴくんママを残して、ステージの袖へ退場した。こぴくんママは忘れられたおもちゃのように、その場に呆然とした表情で立ち尽くしていた。

先生と入れ違いで、学園に子供を預けているという夫婦が登壇した。重度のオフライン依存症の子を持つ夫婦は立ち上がり続けているこぴくんママが目に入らないかのように、二人で肩を寄せ合いながら自分達の体験談を切々と語り始めた。あらゆる私立小学校の説明会を全国行脚して回り、この学園に決めたこと。全財産をつぎ込んででも子供にとっていちばんいい環境を与えたいと思ったこと。まだ卒業はしていないが、その決断は家族にとって間違いなく正解だったこと、などを当時を振り返りながら二人は感極まった様子で語り、学園に謝辞を述べた。袖に消えていた佐々子先生が絶妙なタイミングで出て来て、夫婦の肩を力強く抱き寄せた。立ち続けているこぴくんママが徹底的に無視されていることを除けば、拍手に包まれた体育館はさながら人気演目の最終公演を終えた劇場のようだった。

最後に佐々子先生はマイクを握りしめ、ひとりひとりの目を覗き込むようにしながら伝えた。

「もうおわかりですよね。信じたくないでしょうが、みなさんは人間としての〈生命の喜び〉を強制的に奪われた家畜人間なのです。中国にはトイレと豚小屋を一体化し、人が用を足すと、穴の下にいる豚が餌として処理するというシステムがあったそうです。みなさんが社会から与えられているもの、恩恵だと思って受け取っているものは、すべてそのシステムから供給されている餌、餌という名の排泄物なのです。お父さん、お母さん。自分の子供が、人の尻の真下で口を開けて待っている姿を、真剣に想像してみて下さい。そこに本当に生命の喜びがありますか？　人間としての営みがありますか？」

先生が退場したのち、最後になってようやく学園のパンフレットが配られた。ざっとその場で目を通したところ、入学金や授業料、寮費その他もろもろの合計が驚くような金額だった。推子が思わず冊子を配ってくれたキャップの男性に、「あの、この寄付っていうのはなんですか？」とパンフレットを指差して尋ねると、男性は秋の畦道《あぜみち》でトンボを見かけたような口調で、「あっ。これはですねっ。保護者の方々のご厚意で頂戴しているものですね。強制ではありませんよ。うちはほら、クニから補助を受けていない私立の学校なので」と教えてくれた。

「寄付をすると、受験に有利になるんですか？」

「いやあ、どうなんでしょう。私の口からはなんとも。私はただの事務員ですので」

あとで調べてみたところ、この初老男性は事務員ではなく学園の副理事長、しかも佐々子先生の夫だということが判明した。しかしこの時はまだ推子もそのことを知らず、「本当に、先生は今も現役で教師をしてらっしゃるんですか」と裏を取ろうとすると、男性は目をあちこちに動かしながらいかにも忙しそうに「ええ。あの、それじゃあ、今日はありがとうございました」と頭を下げ、その場をばたばたと立ち去っていった。推子が隣を窺うと、こぴくんママは糸が切れた人形のようにパイプ椅子にぐったりと腰を下ろしていた。

保護者達が帰り支度を始め、ぞろぞろと体育館の扉の方へ歩き出していた。

推子も椅子の背もたれにかけていたコートを手にして立ち上がったが、天井を見上げたまこぴくんママが動こうとしないので、「どしたの。行かないの」と座り直した。

「うん。ごめん。すぐ追いかけるから。先行ってて」

こぴくんママは風呂に浸かりすぎてのぼせたような、ぼんやりした声で答えた。

「大丈夫なの」

推子は出入口に吸い込まれて行く人の波にちらりと目をやりながら言った。こぴくんママは体育館の照明機器に引っかかっている緑色のボールを見上げたまま、動く素《そ》ぶりを見せなかった。

「来なきゃよかった」

こぴくんママがぼそりと呟いた。

「どうしてよ？」

推子はそう言って、彼女の顔を覗き込んだ。

「……たった今、何もかもわからなくなったからよ。あの子を人間らしく育てることだけが正しいって信じてきたのに、もし世の中に家畜しかいないなら、その中であの子だけ人間に育てることになんの意味があるの？」

「意味なんてないでしょ」

推子はバッグからハンドクリームを取り出しながら言った。

「でもそれが、人間らしい生き方なんでしょ？　らしさに意味なんか求める方がおかしいわよ」

推子は笑いながらクリームを手の甲に塗り広げた。こぴくんママは目を微かに大きくして椅子から体を起こすと、そんな推子をまじまじと見てから口を開いた。

「推子さんは、肚ちゃんや津無ちゃんに人間らしい生き方をさせたいって思わないの？」

「人間らしく？　そんなの無理でしょ」

推子は我慢できず声を出して笑った。こぴくんママはなぜ笑われたのかわからない様子で食い下がった。

「無理って、なんで？　だって推子さん、いつも無農薬野菜とかオーガニックにこだわってるじゃない。あれは家族に人間らしい食事をさせたいからでしょ？」

「ああ。あれはそっちの方が手間がかかるからよ」あっさりと推子は答えた。「今は無農薬野菜もどんどん減って争奪戦でしょ。なかなか手に入らないものを手に入れるのが楽しいのよね」

こぴくんママは気力がすべて奪われたような顔を推子に向けた。

「それにこぴくんママ、自分で前に言ってたじゃないの。このクソみたいな道具の普及で、私達の生活も思考も、人間としてのあり方も全部変形させられたって。だったら、人間らしさだけが変わらないなんておかしいんじゃないの？」

そこまで言うと、推子はコートを手に取って立ち上がった。

「それより、なんか美味しいものでも食べてから帰りましょうよ。私、もうお腹ペッコペコよ」

帰りの新幹線の中で、窓際に座ったこぴくんママはひとことも口を利かなかった。魂が抜けたように車窓を眺め続けるこぴくんママの顔は、この数時間で一気に歳をとってしまったかのように生気を失っていた。

一方、通路側の席を確保した推子はそんなこぴくんママを横目に動画を視聴しつつ、駅前に出ていたワゴンで買ったビオワインを飲んで上機嫌だった。今日の説明会でますますオフライン依存症の子供を育ててみたいという思いを強くした推子は、殻を剝いたピスタチオを口に放り込みつつ酔いの回った口調でこぴくんママに話しかけた。

「ほんと、これからどうするかいろいろ考えなきゃいけないことがあって悩ましいわよね」

その言葉を聞いたこぴくんママがぴくりと反応するように顔を動かした。

「推子さん……私、こぴをあの学園に通わせるつもりはないから」

「え、なんで」

殻を剝いていた手を止めて、推子は声をあげた。「まだ時間もあるし、全然悩めるじゃないの。そんな簡単に結論出すなんて勿体無《もったいな》いわよ」

「勿体無い？」

「そうよ」怪訝《けげん》そうに訊き返すこぴくんママに推子は頷いた。「悩みがどれだけ贅沢なコンテンツなのか分かってないでしょ？　悪いこと言わないから、もっとこの状況をじっくり味わってからどうするか決めた方がいいわよ。それに人間らしさにこだわるのが、こぴくんママの趣味だったじゃないの」

「趣味だと思ってたの？」

こぴくんママは眉をぴくりと動かして推子を見た。

「あ、間違えた。主義よね、主義」

取って付けたように言い直した推子の顔はワインで赤らんでいた。こぴくんママはそんな推子の顔を理解できないように見つめていたが、やがて自嘲気味に「私も推子さんみたいになりたい」とぼそりと呟いた。

「私みたいに？」

「そうよ」こぴくんママは苦々しい笑みを浮かべた。「そうしたら、私も楽になれるでしょ」

「本当に、楽になりたいの？」

推子は赤らんだ顔を真顔にして訊き返した。

「本気なら、協力できないこともないけど。でもそれってこぴくんを等質にするってことよね？」

こぴくんママは何も答えなかった。推子は膝の上で握り締められているこぴくんママの両手を見下ろしながら続けた。

「でも、やっとそんな気になってくれて私も嬉しいわよ。これからの時代、何が子供にとっていちばんのシアワセか、私達母親が決めてあげないとね」

すっかり暗くなった車窓に、葛藤で心が引き裂かれそうになっているママ友が映っていた。その苦悶の表情を見つめた推子はビオワインを味わいながら、じっくりと時間をかけて喉の奥に流し込んでいった。


電車をスムーズに乗り継ぐことができたお陰で、お迎えの時間に遅刻することもなく、推子達は保育園に到着した。板状デバイスに降園記録を付けていると、同じ組の双子ママが大きくなったお腹を摩《さす》りながら現れて、「あれえ。それスーツ？　珍しくない？　どこか行ってきたの？」と推子に声をかけてきた。

「えっ。これ？　違う違う」

推子はコートのファスナーをさりげなく上げ直しながらごまかしたが、こぴくんママは俯いて双子ママの方を見ようともしなかった。双子ママはそんなこぴくんママを眼鏡の奥から一瞥したあと、推子と並んでズポポ組さんの方へ歩き出した。

「ねえねえ、肚ちゃんママ。卒園式の合奏、家でも練習させてる？　あれ、っていうか肚ちゃん、なんのパートだっけ？」

「うちは指揮者」

推子が答えると、双子ママは「えっ、ほんと？」と羨ましそうな声をあげた。「いちばん目立つやつじゃないの。肚ちゃん、指揮なんてやったことあるの？」

「ないけど、いちばん正確に動けるからって、先生に指名されたらしいのよ」

「あー。肚ちゃん、しっかりしてるもんね。うちの子達は鉄琴だって」

「二人とも？」

「そう。間違えたら目立っちゃいそうだから、木琴の方がよかったんだけどね」

「でも本物の楽器なんて触るの、みんな初めてなんだから。間違っても誰も気にしないわよ」

「そうよね。合奏はほとんど保護者を喜ばせるためのサービスだって、みんな言ってるしね」

「ほんとそうよ。なんだかんだ感動するのよね、合奏」

ズポポ組の入り口に着いた推子は双子ママの大きく迫《せ》り出した腹を見下ろして、「もう胎教は始めてるの？」と尋ねた。

「もちろん。そういえば、聞いて聞いて。こないだついに手術しちゃったの、私」

「えっ、もしかしてあれ？」

「そうそう。あの手術。だから今このお腹の子は、二十四時間ネットに繋がりっぱなしなのよ」

早期教育は推子が肚を産んだ頃からさらに過熱し、最近では妊娠初期に下腹部に機器を埋め込み、子宮に擬似ネット環境を整える、という胎教が流行っているらしかった。

「いいわね」と推子は羨ましそうな目で双子ママの腹を見下ろした。「名前はもう決めたの？」

「うん。〈hちん冷える〉ちゃんって言うの」

「えっ。〈hちん冷える〉ちゃん？　どういう意味？」

「さあ。名付けアプリで決めたから」

「あ、そうなんだ。でも、いい名前じゃないの」

しばらく立ち話をしていると、「あ、ママ達。おかえりなさーい。みんな、今日も変わりなく元気でしたー」とよぽぃん先生が戸口に姿を見せた。

「先生、ただいまー」

明るく先生にそう返す推子と双子ママの隣で、こぴくんママは床を見たまま無愛想に頭を軽く下げただけだった。

真っ白な制服を着た肚と双子が出荷されるようにリュックを担いで出てきたあとも、こぴくんはなかなか現れなかった。耳朶を触りながら極薄の端末に目を落としていたよぽぃん先生が、「あ」と思い出したように呟きを漏らして顔をあげた。

「こぴくんママ、すいません。そういえばこぴくん、昼間にみんなと合奏の練習するのが嫌だって騒いでしまったんで、今、隣のお部屋でひとりで小太鼓の練習してるんです」

「ひとりでですか？」

「こぴくんは一度決めると、頑固ですからね。僕達みんなで説得したんですけど、駄目でした〜」

先生の言葉に、こぴくんママは複雑な表情を浮かべたまま、「すみません」と謝った。

「ほんとに珍しいですよね〜。普通、どんなに遅くても五歳を過ぎたら、みんなちゃんと大人の言うことに疑問なんて持たなくなってくれるんですけどね」

その会話を聞きながら、推子はこないだ五年振りに大雪が降った日も、二人が同じようなやりとりをしていたことを思い出した。「雪には触っちゃいけません」と園児に朝の会で先生が伝えたところ、「はい」と答える他の子達に交じって、こぴくんだけが「なんで?」「どうして雪に触っちゃいけないの?」と一時間以上も食い下がったという報告を受けていたのである。

「『お空の汚いものがついてるからだよ』って説明しても、『なんで汚れたものは触っちゃいけないの? なんで?』って調子で延々と続きますからね〜」

よぽぃん先生の口調にはその時も今日と同じく、こぴくんママの育児をさりげなく批判するようなニュアンスが含まれていた。転園当初こそ母子家庭で大変だろうと優しくされていたこぴくんママだったが、息子がいつもひとり別行動を取り、コセー的かつドクソー的なのは、間違いなくこの母親の育て方のせいだという空気が、先生達の間にまで浸透してしまったのだろう。

「今のうちに、与えられたものを何も考えずに受け取れる、標準的な力を育てておかないと。こぴくんみたいな子は、この先、小学校に入ってから苦労するかもしれませんよ」

先生の苦言に、どこか反抗的な態度で接していたこぴくんママははっとしたように顔をあげ、「そうですよね。小学校にあがって大変な目に遭うのは、あの子ですよね?」と脅迫された人間のように訊き返した。

「そうですね。それにもしかすると、こぴくんはアレルギー体質なのかもしれないですしね」

「アレルギー、ですか?」

「そうです。デジタル機器アレルギーです。ご存知とは思いますけど、卵や小麦なんかも子供が小さいうちに与えれば与えるほど、アレルギー発症率は低下するって言われてますからね。ちなみにママ、こぴくんにはデジタル機器を何歳から与えてたんですか?」

「あまりよく覚えてないです」

こぴくんママは消え入りそうな声で答えた。先生は目を丸くして「えっ。覚えてないんですか?」と声をあげた。

「じゃあそういうのが関係してるかもですね。園で〈空想世界のお友達〉とお話をするのはこぴくんだけですから」

「はい」

「〈空想世界のお友達〉と遊ぶ子は、標準的な発達に問題がある可能性が高いってことは前にもお話ししましたよね」

「はい」

「こぴくんママっ。これからの時代、子供に必要なのは等質性ですよ。これからどんな時代になるのかは誰にも予測できません。そんな時、〈どんな環境でも生きていける力〉、〈仮想空間にい続けても、苦痛を感じない力〉が大事になってくるんです。こぴくんのためにも、日頃からネット漬けの環境を整えたりして、おうちでもしっかりその大事な力を育ててあげて下さいね！」

　先生は笑顔でそうアドバイスすると、「あ、ママ達、おかえりなさーい」と別の保護者の応対に行ってしまった。一部始終を少し離れたところで見ていた推子は、しゅるしゅるとこぴくんママに近づいていき、背後から「大丈夫？」と声をかけた。

　伏せていた顔をぼんやり上げたこぴくんママは、波打ち際に座礁した魚のような、虚ろな表情を浮かべていた。この母親はこれからどうなるのだろうかと推子が期待に胸を高鳴らせていると、こぴくんママの形のいい唇から、

「……推子さん。私、早く楽になりたい」

という、弱々しい呟きが零れ落ちた。


日曜日。一緒に出かけたクリニックの待合室でそわそわするこぴくんママに気づいた

推子は、須磨後奔から目を上げ、「大丈夫？」と尋ねた。

「うん」

そう掠《かす》れ声で返事をしたこぴくんママの顔色は、まるでこれからプールに突き落とされる泳げない子供のように青ざめていた。推子は言った。

「だからこぴくんだけでもいいって言ったのに」

「こぴだけなんて嫌よ、絶対。私だけが取り残されるなんて考えただけでもおかしくなる」

食べたものを吐き出しそうな勢いでこぴくんママは顔を顰《しか》めると、辺りを落ち着きなく見渡し、声を潜めた。

「みんな、なんでこんなに落ち着いてるの？」

待合室は床も壁も調度品も明るい色調で統一され、優しいオルゴール音楽がBGMとして流されていた。受付カウンターには端末があるだけで誰もおらず、壁に沿って置かれたクッション付きベンチ椅子で、数人の手術希望者が推子達と同じように順番を待っている。

若い恋人同士のような男の子達もいれば、まだ中学生くらいの女の子、もう八十歳は越えていそうな老女もいたが、こぴくんママの言う通り、誰もが自宅にいるかのようにリラックスした表情でのんびりと寛《くつろ》いでいた。

「なんでって。機器を埋め込むなんて五分で終わるし。こぴくんも今日手術を受けちゃった方が楽だと思うんだけど、いいの？　本当に一緒じゃなくて」

「それは駄目。まず私が埋め込んでみて、それからじゃないと」

天井近くに設置された巨大なモニターを凝視しながら、こぴくんママは警戒心の強い小動物のように首を横に振った。モニターには受付番号が表示されており、こぴくんママの番号まではまだ数人分余裕がある。そのことをちらっと見上げて確認した推子は「わかったけど」と頷いてから、「そういえば、こぴくんには今日のこと、なんて説明してあるの？」と二人でトイレに行くと言ったきり、姿の見えないこぴくんと肚を目で探しながら訊いた。

「こぴにはチップを埋めるって、昨日の夜、説明したけど……」

「あ、そうなんだ。どんな反応だった？」

「混乱してた。私がこれまで散々、手術だけは絶対に駄目って言い聞かせてきたんだから当然だよね」

「理由は訊かれなかったの？」

「訊かれたけど、とにかくお母さんが先に埋めて、危なくないか試すから、としか言えなかった」

「え。そんなんで納得したの？」

推子が声をあげると、「するわけないじゃん」とこぴくんママはまた激しく首を振った。

「絶対に嫌だって泣き喚いて、今日ここに連れて来るまでも本当に大変だったんだから……」

「そっか。それでこぴくん、あんなに機嫌が悪かったんだ」

推子は癇癪《かんしゃく》を起こしたようにクリニックの入り口の床に寝そべって泣き喚くこぴくんを思い出しながら頷いた。こぴくんママは肺から絞り出すような苦しげな溜息をまた吐くと、赤くなった目の周りに両手の掌底を押し付けた。

「推子さん……。私、自分がこれからしようとしてることが、本当に正しいことなのかわからない。こんなことして、本当に大丈夫なの？　もしかして取り返しのつかないことをしようとしてるんじゃないかって思うと、頭がおかしくなりそうで……」

「嫌ならやめてもいいけど。でもそんなことを考えなくても済むように、機器を埋め込むんじゃなかったの」

推子は動画を選び出しながら言った。

「それにもし違うと思ったら、簡単に摘出もできるんだし。そんな深刻に考えるようなことじゃないんじゃないの？　ほら、見て。あの子もたぶん今からチップ埋めるのよ」

推子はそう言いながら、待合室の隅のベンチに座った女性の方に目をやった。女性はおくるみのようなものを抱えており、その白い布の端からは小さな手足が元気よく動いている。

「あんな小さな子に……？」

「何言ってるの。肚なんてあの子より早く、個体識別のマイクロチップを入れてるわよ」

「嘘でしょ？　なんのために？」

「迷子とか、事故とか、事件に巻き込まれた時のためによ。三歳までなら補助金も出たのに、知らなかったの？」

「そんなことして、健康に影響が出たらどうするの？」

こぴくんママは嫌悪感を隠せないように顔を歪めた。

「問題はないって、きちんと厚生労働省のＨＰにも公表されてるってば」

「でも、もし失敗したら……」

「手術するのは、ええ愛なんだから。ミスなんてあり得ないわよ」

このママ友に「ＧＪ」という隠語を付けたのは我ながら秀逸だったな、と改めて思いながら推子は須磨後奔から顔を上げた。黙り込んだこぴくんママは絨毯《じゅうたん》に沈んで行こうとでもするように足元を見つめている。その時、柔らかなチャイムが鳴り、こぴくんママは弾かれたように顔を上げた。モニターでは新たな呼出番号が点滅していた。

「あ、呼ばれた。僕達の番だ」

隣のベンチ椅子に座っていた男の子が、もうひとりの男の子と立ち上がった。談笑しながら処置室Ｂ、と案内が出ている廊下の奥へと歩いていく。付き合いたてだろうか。最近、十代の子の間では感覚の一部を同期させる手術が流行っているらしい。期待に胸を弾ませる若い二人の姿を微笑ましく思いながら、推子が再び須磨後奔をいじろうとした時、呼出番号が印字された紙を握りしめていたこぴくんママが立ち上がり、壁の方へ吸い寄せられるように歩き出した。その先のモニターには各部位と、埋め込む機器の種類と機能、それに料金が記載された施術表が映し出されている。「来たる春に！　親子一緒キャンペーン！」。推子にとっては飲食店のメニューと大差ないごくありふれた内容を、こぴくんママは食い入るように見つめ始めた。

「ママ」

声がして振り返ると、トイレから戻ったらしい肚が、目を真っ赤に腫らしたこぴくんと手を繋いで立っていた。

「あら。遅かったのね。どうしたの。迷った？」

最近、見た目を変えたくないと言い出して休日でも真っ白な園の制服しか着なくなった肚に推子が尋ねると、「ううん」と肚は二つ結びの髪を揺らして首を振った。

「今、こぴくんにちゃんと説明してあげてたんだ。オ、い、オレラにキカイを埋め込むことは全然怖いことじゃないんだよって」

「あ、そうなんだ」

推子はこぴくんを見下ろした。さっきまで一言も口を利いてくれなかったこぴくんはすっかり機嫌が直ったらしく「うん！」と大きく頷いて口を開いた。

「肚ちゃんと一緒にキカイを埋めて、ぴーくんもカッコいいええ愛になるんだ〜！」

「ね？　約束したんだよね。こぴくん」

「うん！」

「そうなんだ。でも、ほんとにいいの？　こぴくん、ずっとええ愛になるのだけは嫌だって言ってなかった？」

推子は施術表に見入り続けているこぴくんママをちらっと視界に入れながら、そう訊いた。

「うんっ。でもキカイを埋め込んでええ愛になったら、ぴーくんはもーっとパワーアップして、宇宙のハカセとも二十四時間いつでもコーシンできるようになるんだよ〜。ね？　そうだよね。肚ちゃん？」

「そうだよ」

肚はじっと見ていると吸い込まれそうな揺らぎのない目をこぴくんに向けて頷いた。

「こぴくん。ええ愛になれば、みんなと二十四時間繋がれて、ハカセとだけじゃなく、世界中の人間全員とコーシンできるようになるんだよ。だからキカイは埋め込んだ方が絶対にいいし、その方がこれからの時代、シアワセになれるんだよ。ね？　そうだよね。ママ？」

推子は手を繋いでいる二人の顔を交互に見て、少し間を置いてから、「そうね」と答えた。

「ママ？」

訝しそうに自分を見上げている肚の視線に気づいた推子は、「あ、なんでもない。なんでもない」と軽い口調でごまかすと、手の甲をさっと触り、右耳に動画の音声、左耳に「みんな大好き！　冬ソングス」というアルバムからレコメンドされる曲を同時に流し込んだ。推子は笑顔を作って言った。

「そうね。肚の言う通り、そうした方がこれからの時代、シアワセになれるって言われてるのよ」

「ねっ、こぴくん。本当だったでしょ？」

「うん！」

「卒園したらハラも好きなキカイひとつだけ、埋め込んでいいことになってるんだっ。その時、一緒に手術しようよ」

「うん。じゃあぴーくん、頭に触角埋めるんだっ」

「ハラは目にディスプレイがいいなっ」

子供達が無邪気にそう言い合っている姿を見つめていた推子は微笑みながら目を逸らし、須磨後奔を見えやすい位置に置き直した。

画面に意識が切り替わるその直前、頭の片隅で何か声のようなものが聞こえた気がしたが、推子はすばやく耳朶に触れ、動画の再生速度を三倍にあげた。

それから二週間、こぴくんママと連絡が一切つかなくなった。

「やっぱり手術を受けさせたのがまずかったのかしらね」

検索ワードも尽きた推子は溜息を吐きながらノート型パソコンを音を立てて閉じた。

送迎の時間を早めたのだろう。今までなら肚を登降園させる際、大体顔を合わせていたはずなのにぱったりと見かけなくなった。もちろん気になって推子は何度も連絡を取ろうとしたが、電話は着信拒否され、メッセージは既読さえつかなかった。下駄箱のこぴくんの靴の中にメモをねじ込んでもみたが、次の日、そのメモは開かれた形跡もないまま、肚の靴の中に返されていた。

この数日、推子は心配でならなかった。

これまでの経験上、どれだけ執心しようが、一度興味が冷めてしまったコンテンツへの熱を飽きっぽい自分が取り戻すことはなかったのである。その性分がわかっているからこそ、推子はせっかくここまで大事に育ててきたこぴくん親子への執着が薄れる前に、なんとしても手を打ちたいと思っていた。

それに、影響はそれだけではない。

連絡がつかぬ間、ネットで情報を収集し、話題のアプリケーションやコンテンツを相変わらず買い漁り続けていた推子だったが、あの親子を上回るコンテンツがこの先、本当に現れるのだろうか、などと考えているせいでいまいち気分も盛り上がらず、結果、人工のコンテンツではますます満足できなくなっていく、という悪循環まで起こり始めていた。

推子はもう一度溜息を吐くと、椅子から立ち上がり、冷蔵庫を開けた。気分を変えようと、お気に入りの塩サイダーをグラスに注いで口を湿らせたが、すぐに後悔した。あれほど美味しいとハマって、わざわざお取り寄せまでして好んでいたのが嘘のように、その味わいに、もはやなんの感情も湧かなくなっていた。飲みすぎたのだろう。初めはキツ過ぎると思った超強炭酸の刺激にもすっかり慣れてしまったらしく、いくら喉に流し込んでも水を飲んでいるように、するすると平板な味の飲み物が通過していくようにしか感じられない。

しばらく落胆した様子でキッチンに佇《たたず》んでいた推子は、やがて何かを思い出したように椅子の背もたれにかけていた上着を羽織り、掃き出し窓の方へと近づいていった。カーテンを音を立てて開けると、窓際に潜んでいた冷気が狙っていたように推子の肌にまとわりついた。

窓の鍵を開けた推子は靴下のままウッドデッキに出て行き、そのままサンダルを引っ掛けて小さな庭芝へと降り立った。

暖房のきいた室内から急に外へ出たため、風邪でも引いたらという心配が頭をよぎったが、想像していたよりも夜気は暖かく、空気には冬の終わりの気配がすでに紛れ込んでいた。深夜だというのに街の灯りが反射しているのか、空はうっすらと発光しているようにほの明るい。

小庭の芝は艶々と濃い緑色を保っていた。本物とまったく遜色《そんしょく》ない人工芝を植えているので、寒さで葉が茶色く変色することもない。さくさくと小気味の良い足音を立てて庭を横切った推子は板塀へと近づいて行き、すぐそこに隣接している住宅の二階の窓を見上げた。カーテンも閉まっていない部屋の灯りは煌々《こうこう》と点《とも》っていた。羽虫のようなものが集まる窓を見上げながら、推子は手の甲に触れて、「元夫に電話」と呟いた。

三回ほど呼び出し音を鳴らしたところで回線を切り、窓の下で待っていると、からからと二階の腰窓が開く音がして、「なによ」と人影が顔を覗かせた。

「起きてた？」

推子はその人影に向かって声をかけた。

「起きてたけど。どしたの。久しぶりじゃない」

元夫は珍しそうな口調で訊き返した。

「一年半ぶりくらい？　早いね。子供達は元気だよ」

「うん、知ってる知ってる。見えるし」

小鼻の脇の辺りを掻く元夫の顔に、仮想現実用ゴーグルが装着されていることに気づいて、推子は尋ねた。

「ゲームしてたの？」

「決まってんじゃん」

そう答え、元夫はゴーグルを額にずり上げた。ここからでは逆光でよく見えないが、その顔にはゴーグルの跡がくっきり付いているに違いなかった。元夫ほどの筋金入りのゲーマーならばさっさと網膜の手術を受け、全身にコントロール用のセンサーを埋め込んでいてもおかしくないのだが、「締め付けられる感覚が好きでさあ」と妙にマニアックなところがある元夫は今も、頑なにアナログなスタイルにこだわり続けているのだろう。

「なんか用？　今、セッタイ中で忙しいんだから。あんまり時間取れないよ？」

相変わらずぶっきらぼうな口調でそう言われた途端、こぴくんママのことを相談したいという気持ちが薄れた推子は、「えっ。嘘でしょ？　まさかまだ続いてるの？〈カイシャインゲーム〉」と声をあげた。

元夫は肩を付け根からぐるぐる回しながら、「まだも何も。テイネンになるまで勤め上げるのがこのゲームのクリアだもん。当たり前でしょ」と言い切ったが、推子が驚くのも無理はなかった。

なぜなら七年前、推子が「保育園に津無を入園させる点数を稼ぐ為に離婚したいんだけど」と申し出た際、元夫が夢中になっていたのも、この「カイシャにシュッシャして働ける！」という当時発売されたばかりのバーチャルリアリティゲームだったのである。

「え、離婚？　なんで」

仮想空間の中でニュウシャメンセツでも受けていたのだろう。椅子から立ち上がって面接官に深々とお辞儀をしたところでゲームをポーズ状態にしたらしい元夫は、ゴーグルを外して振り返った。どこか河童を思わせる飄々《ひょうひょう》とした顔付きを見ながら、推子はもう一度、「だから離婚してほしいのよね。悪いんだけど」と手短に説明した。

「え。なに。離婚？　俺らがすんの？　どういうこと？」

元夫はどこか他人事のような、呑気《のんき》な口調で訊き返した。推子は希望の保育園に入園させるには勤労状況と家庭事情を考慮した指数が他の家庭より高くなければならないことを説明した。すると、子供の頃から無制限にゲームを親に許可されていた元夫はすぐに、母子家庭になればポイントが加算されることを理解し、「あー。そういうことね。はいはい」と腑に落ちた顔で頷いた。

「他の加点項目は両親の介護とか病児保育、双子育児だから、どうこうできることじゃないのよね。もちろんあの子が保育園を卒園するまでの書類上の離婚、ってことでいいんだけど。どう思う？」

推子が指数表を見せながら尋ねると、元夫は考える間も置かずにゴーグルを付け直し、「え、全然いいでしょ。それで攻略できるんだったら」とあっさり了承した。

「いいの？」

「え、どう考えてもいいでしょ」

翌週、書類上の離婚手続きを済ませ、実家に出戻りした元夫は子供の頃から充てがわれていた自室を占領し、昼は在宅で仕事をしながら夜はゲームに明け暮れる日々を送り始めたらしかった。誰に見つかって園に報告されるかわからないので、すぐ隣とはいえど行き来は控え、こうして窓越しで近況を気が向いた時に確かめ合うスタイルを採用したのだが、今日のように外から声をかけると、元夫は必ずと言っていいほどゲームの最中だった。離婚してからもう七年近く経っているので、てっきりあらゆるゲームをしているのだと思い込んでいた推子は、まだあの時ニュウシャメンセツをしていたオンラインゲームをし続けていると聞いて脱帽すると同時に、そこまでひとつのコンテンツを飽きもせず楽しめている元夫に微かな嫉妬を抱かずにいられなかった。結婚していた当時も、元夫といると、自分がやけにバッテリーを消耗させながら生きているように思えたことを思い出した推子は、窓際に立つ人影に向かって尋ねた。

「同じことやってて飽きないの」

「え？　飽きない飽きない」

元夫は笑いながら首を振ったようだった。

「むしろ、やり込めばやり込むほど奥深いんだよ、こういうのは。何よ、そっちはあれ？　まだいろいろ取っ替え引っ替えしちゃってんの？」

「しょうがないじゃないの」

推子はややむっとして言い返した。「それより、今はどんな部署で働いてるの？」

「今？　今は開発事業部の部長よ。来夏、発売される新製品を任されてるんだけど、いやあ、参っちゃうよ。有名な海外のデザイナーにデザイン頼んだら、予算が莫大に膨れ上がっちゃってさあ。上の人間からも非難囂々《ごうごう》よ。社運がかかってるから、みんな必死なのよ」

もちろん、そんな会社は現実には存在しない。ぼさぼさの髪の毛に手を突っ込んで掻き毟《むし》っている元夫の実際の仕事は、精神疾患などの治療ゲームのプログラミングなのだが、誰もが実際にシュッキンしなくなった今、元夫のように昔の労働スタイルを懐かしみ、わざわざ仮想空間でスーツを着たり、マンインデンシャに乗ったり、接待ゴルフに行ったり、ザンギョーを体験したいという人々が増えているらしい。

そんなに面白いならと推子も当時、このゲームをやらせてもらったことがあったが、いくら仮想空間とわかっていても人間で破裂しそうな車両に乗り込んで見知らぬ他人と肉体を擦り合わせたり、その誰かが吐いた二酸化炭素を自分の体内に取り込んだりというような目に遭ってまでゲームしたいとは思えなかった。

元夫は嬉しげにだらだらとカイシャの愚痴を漏らしながら、伸びきったTシャツの首元をしきりに触っていた。仮想空間で着ているスーツのネクタイの感触がまだそこに残っているのだろう。そんな元夫の頭の上で、うっすらと白さを残した雲がコンベアで運ばれるように流れていた。

推子は来月で肚が卒園することを報告しようかと思ったが、わざわざ言わなくてもいいか、と考え直した。一応、卒園すればもう点数も必要ないので母子家庭である必要はないのだが、シングルマザーというコンテンツはもう少し愉しめるのではないかと最近考え直すようになったのだ。第三子を作る際には、元夫に精子を提供してもらうつもりだが、その時、籍をどうするかについてはまだ何も考えていない。「再婚」という活動を選んでもよいし、もしまたその子に点数が必要になれば保育園に入れる為に「再離婚」してもよい。「再々婚」や「再々離婚」という選択も有りだろう。推子は目まぐるしく愉しめそうなコンテンツを思い浮かべながら、新しく配属されたブカの出来の悪さについて嬉々として語っている元夫を眺めた。部屋からの逆光で、おおまかな顔の造作しかわからないが、一緒に生活し、何もかもがはっきりと見えていた頃の元夫よりも、こうして解像度の低い元夫の方が、推子にとっては都合がいいのだった。

推子は頭上で流れる夜の雲のように曖昧な元夫に向かって、「冷えてきたからもう寝るね」とだけ告げて、暖かい家の中へとさっさと戻った。

薬局の前に、見覚えのある自転車が停まっていた。

通り過ぎようとして、はっとした推子は慌ててUターンすると店へと戻り、レインカバーのついていないママチャリの隣に、ぴったりと寄り添うように自転車を駐輪した。

「肚。早く降りて」

そう言いながら推子はもどかしげな手つきで後部座席のカバーのファスナーを開けた。

「どうしたの、ママ」

「いいから。早く」

ゲームをしていた肚のシートベルトを外し、ぐっと抱き上げて地面に下ろした推子は、はやる気持ちを抑え、店内へと駆け込んだ。

　自動ドアが反応して開いた途端、泣き叫んでいる男児の声が鼓膜に飛び込んできた。推子が陳列棚の合間を抜けてその聞き覚えのある声の方へ近づいていくと、絶叫しながら床に大の字になって暴れている男児の姿が目に入った。

　注意しにくる店員もいないからか、男児は口から臓器を吐き出すのではないかと思うほど顔を真っ赤にして泣き喚いていた。普段、大人の言うことに疑問を一切持たない子供しか見慣れていないのだろう。店内にいた数名の買い物客が希少な野生生物でも見るような目で男児を撮影しては、そそくさとその場から去っていく。推子は思わず辺りに目を配ったが、いつもなら必ず側にいるはずの母親の姿はどこにも見当たらなかった。

「肚。ここにいてよ」

　推子はそう言い残すと、店内を探し回り、セルフレジで会計をしているこぴくんママの後ろ姿をようやく発見した。

「ここにいたのね、よかった。こぴくん、向こうですごいことになってるよ」

「え？　ああ、推子さん。久しぶり」

　そう言いながら振り返ったこぴくんママを見て、推子は一瞬、人違いをしたのではないかと目を疑った。一生消えることがないと思われていたこぴくんママの眉間の皺はアイロンをかけたようにきれいに伸び、表情は閉塞していた腸が開通したように晴れ晴れとしていた。これまで一度も目にしたことのないこぴくんママの姿に戸惑いながらも、泣き声のする方を振り返って推子は言った。

「こぴくん、引きつけとか起こしそうだけど。あれ、放っておいて大丈夫なの?」

「ああ、大丈夫大丈夫」

こぴくんママは手をひらひらと動かした。口調まで、これまでのどこか恨みがましそうなトーンとはまったく違う、こざっぱりとしたものに変化している。

「そう? でも、」

「推子さん、私、今はもう徹底的にあの子の言うことは無視するようにしてるんだ。あの子には一切選択肢を与えないで、全部、私が決めてるの。気にしなくていいよ。今も私が勝手にあの子の歯磨き粉を選んだせいで、癇癪起こしてるだけだから」

こぴくんママはそう言いながら、レジの読取部に慣れた様子で手の甲を翳した。ピッと支払い完了音が鳴り響く。推子はその様子を思わずじっと見つめながら、「取り出さなかったのね」と意外そうに呟いた。

「え? ああ、これ?」

こぴくんママは手の甲を見下ろした。

「あんなに嫌がってたから、絶対にすぐに取り出したと思ってたのに」

「こんな便利なもの、戻すわけないでしょ」

こぴくんママは冗談でも言われたかのように笑って答えた。

「ほんと推子さんの言う通りだったよ。私、なんであんなに大袈裟に考えてたんだろう。こんなの誰でもやってることなのにね」

「拒絶反応みたいなものはなかったの？」

まれにそういうショックを起こす人がいるらしいことを思い出して、推子は尋ねた。

「うん。最初の一週間はかなり吐いたりしたけど。でも人間ってすごいよね。もうこの異物が埋め込まれてる状態が、正常ってことになったみたい。推子さん、私、こないだ言われたことの意味、やっとわかったよ。こんなにも節操なく自分を変えていける生き物に、らしさなんてあるわけないよね」

　こぴくんママは商品を手際よくエコバッグに移しながら話し続けていた。軽い足取りで泣き声のする方へ歩き出したので、推子も思わずあとについて行くと、床に寝そべっている息子を見下ろしたこぴくんママは呆れたように、「何よ。こぴ、まだ泣いてるの？」と溜息を吐いた。

　涙と鼻水で顔をぐじょぐじょにした男児は言葉にならぬ声で喚き返したが、こぴくんママは鼻から抜けるような息をもう一度、ふーっと吐いてから、「だーかーらー、こぴにはもう何も決めさせないって、おかあさん、何回も説明したでしょ？　いつになったらわかるのかなあ。もうこぴは、何も自分で考えなくていいんだよ」と言った。

「そんなの絶対やだ！」

「やだじゃないよ。他の子はみんなそうしてるんだから。こぴだって肚ちゃんみたいに早く、みんなと同じ子供になりたいでしょ？」

こぴくんママはそう言うなり、少し離れたベビー用品の棚のところでじっと成り行きを見守っていた肚に向かって「ねえ、肚ちゃん」と声をかけた。「肚ちゃんの使ってる歯ブラシは誰が選んだんだっけ？」

「え、ママだけど」

淀みなく答える肚の言葉を聞いて、こぴくんママは満足げな表情を浮かべた。

「ね。今の聞いた？　わかったでしょ、こぴ。みんなそうしてるの。だからこぴも安心して、おかあさんの言う通りにしなさい。もう何も自分で考えなくていいんだよ」

こぴくんの泣き声が段々と小さくなり、堪えるような嗚咽《おえつ》になったところで、息子の頭を撫でていたこぴくんママはその小さな手に握りしめられていた子供用の歯磨き粉を素早く抜き取り、立ち上がった。

背後で一部始終を見ていた推子と、振り向いたこぴくんママの目が正面から合わさった。推子は咄嗟に中途半端な笑顔を浮かべつつ、「別人みたいじゃないの」と冗談めかした口調で言った。

「そう？」

「うん。なんていうか、そんなに順応性が高かったのね。ちょっと意外」

「ああ、チップを埋め込んだお陰よ」

こぴくんママはそう言って、手の甲を愛おしそうに撫でた。

「推子さんのお陰で、私の人間としての性能が、やっとまともに機能し始めたんだ」

「人間としての性能？」

こぴくんママの口から出た言葉とは思えず、推子は思わず訊き返した。

「なんなの、それ？」

気味悪そうに推子が尋ねると、こぴくんママは嬉しそうに言った。

「何って。目の前のクソを、クソじゃないって自分に言い聞かせて飲み込める性能に決まってるじゃないの。こんな優れたシステムが備わった生き物、他にいないでしょ？」

こぴくんママの眼差しは推子の体を擦り抜けて、ここではないどこかを見ているようだった。推子が何も言えないでいると、こぴくんママはまだぐずぐずと泣きじゃくっている息子の方に向き直って、「大丈夫。こぴもキカイを埋め込んだら、おかあさんが言ってることがすぐにわかるからね」とまた頭に優しく手を置いた。

「こぴくんママ。こぴくん、もう手術するの？」

少し離れたところでおとなしく立っていた肚がその言葉にぴくんと反応し、口を挟んだ。

「うん。そうなの、肚ちゃん。この子だけ違うのは可哀想だから、早くみんなと同じにしてあげたいんだ。肚ちゃんもいいことだと思うでしょ？」

「うん。だったらオレラも一緒に手術したい！」

肚は零れ落ちそうな目をさらに大きくして、こぴくんママの後ろに立っていた推子を見上げた。

「ねえ、いいでしょ？　ママ。オレラ、約束したんだよ。一緒にええ愛になろうねって」

「あ、いいじゃないの、それ。推子さん、来週一緒に手術受けさせようよ」

はしゃいだ声をあげるこぴくんママを視界から外して、推子は「駄目よ。合奏がうまくできて、卒園したらのお約束だったでしょ」と肚に厳しい顔を作った。

「そうだけど。お願い、ママ。手術したらもっと練習するから」

「駄目なものは駄目よ」

「いいじゃない。せっかくだから一緒に受けさせようよ、推子さん。こういうのは早いほど発達に影響すると思うよ？　ね？」

こぴくんママはそう言って、推子の肩に親しげに手を置いた。推子は驚いたようにその手をまじまじと見下ろして、「でも」と言い淀んだ。

「あっ、そうだ。それならついでに私達も一緒にやっちゃわない？　ほら、推子さんが興味あるって言ってた手術あったでしょ。あれ、親子キャンペーンで受けようよ」

推子は何も言わず、こぴくんママの手をもう一度、目で追った。すらりとした白い手はチップが埋め込まれていることを隠すかのように、ひらひらと楽しげに空中で動き回っていた。

合奏用の楽器やズポポ組さんの園児の写真。紅白のティッシュで作られた造花の入ったかご。子供の手形が取られたパネル。「ありがとう。またあそぼうね」と書かれた色紙。いつもは整然としているホールも、そこかしこにそんなものがごちゃごちゃと溢れ返り、卒園式一週間前の、慌ただしい空気を漂わせていた。

電子オルガンと、それにあわせて歌う子供達の声が薄く漏れ聞こえる中、推子はすっかり春らしくなったホールの壁に飾られた、ズポポ組さんの最後の制作をぼんやりと見上げていた。少し早めに来すぎてしまったせいで、帰りの会はまだ始まったばかりだった。

「卒園式まであと8日！」と書かれたカウントダウン日めくりカレンダーに目を留めた推子は、また引き寄せられるように作品群が展示された壁を見上げた。

「おとなになったら、なりたいもの」。今月のテーマの下には、お馴染みの、手本があるかのようにそっくりな絵がずらっと並んでいる。人の鼻のような一本線が引かれた箱が見本市のようにひしめき合う画用紙の一枚一枚にじっくり目を通していきながら、箱の横にお花が描き添えてあればお花屋さんのええ愛店員。料理があればええ愛調理師。電車が描かれていればええ愛運転士なのだろうと推測していると、「すごいでしょ」と後ろから声がした。

振り返ると、長かった髪をすっかり短く切り揃えたこぴくんママが明るい水色のシャツを着て立っていた。真っ黒な髪が天窓から差し込んだ光を受けて艶々と光っている。

こぴくんママは薄く微笑みを浮かべながら推子の隣に並ぶと、推子がさきほどから見つめていた園児達の展示物を見上げ、「すごいでしょ?」ともう一度、繰り返した。

「え? ああ」

一瞬なんのことを言われているかわからず、推子は適当に返事をしたが、すぐに意味を察し、「ほんと、すごい変わりようね」と相槌を打ち直した。こぴくんママは満足げに言った。

「これでもう誰も、うちの子のこと、子供らしくないなんて言えないでしょ」

推子は「そうね」と素直に同意した。まさしくさっき、まったく同じことを考えていたのだ。

「私は何も口出ししてないんだよね。あの子が勝手に描き出したんだって」

こぴくんママは鼻歌でも歌い出しそうな上機嫌でそう言うと、発売されたばかりの最新の須磨後奔を取り出し、展示物の撮影を始めた。

「よぽぃん先生も驚いてたよ。こんな短期間で、どうやってあそこまで等質にしたんですかって」

推子は「へえ」と言いながら須磨後奔のカメラが向けられているこぴくんの作品に改めて目を留めた。見事にコセーを失った、死んだような一枚が周りに埋没するように溶け込んでいる。箱の周りが宇宙を表すように紺色に塗りたくられている点だけが唯一、こぴくんがまだこぴくんであることの朧《おぼろ》げな証明のようだった。

「初めはチップを使わせるたびに泣きすぎて、おしっこは漏らすし嘔吐はするしで、ほんと大変だったけど」

こぴくんママは撮影を続けながら感慨深げに話していた。

「でも今じゃあの子、食べるのも寝るのも忘れてトイレでもお風呂でもネットに繋がり続けてるのよ。信じられないでしょ」

「ほんとよく、我慢させたわね」

「肚ちゃんがとっさにあんな嘘、吐いてくれたお陰よ。ちゃんとチップを使えるように頑張ったら、パワーが溜まってハカセともコーシンできるよって。私も肚ちゃんの真似して毎日言い続けてる」

嘘を吐いたつもりはないだろうと思いながら、推子は我が子の作品を眺めた。肚の絵は、与えられた画用紙の真ん中に定規で引いたような線だけが描かれた、誰よりもシンプルなものだった。着色も無駄な装飾も一切ない機能的な箱は、ええ愛が作成した図面を彷彿とさせた。あの子は能力を専門化するのではなく、すべての機能が備わったええ愛になるつもりなのだろう。そのええ愛は宇宙の人工衛星とも通信できる、革新的なデジタル機器に違いなかった。

「あれから、肚ちゃんはどう？」

ズポポ組さんの丸窓の方を気にしていた推子は、撮影を終えたらしいこぴくんママにそう話しかけられ、「え、ああ、そうね。うちの子もすごく喜んでて……」と慌てて答えた。

あの日、待ち合わせした駅から四人で歩く途中、突然降り出した雨のことを、推子は反射的に思い出した。一緒にクリニックに行く約束をほぼ無理やり取り付けられ、推子は押しきられる形で向かったのだが、結局こぴくんが直前で怖気付《おじけづ》いて、「やっぱりやめる」とぐずり出してしまったのだった。

「絶対、シアワセになれるから！」

そう言ってこぴくんを説得し始めたのは肚だった。

「コンテンツを頭に入れないと、人は余計なことを考えてどんどん自分をアイせなくなっていくって、先生も言ってたでしょ？」

「ハラも一緒にチップを埋め込むから怖くないよ。それでどんどんパワーアップして、二人でスーパーええ愛になろうよ」

「そうだけど〜」

二人は青色の傘の中にしゃがみ込んで、何事かを約束したらしかった。心を決めた様子のこぴくんは待合室でもずっと肚の手を握りしめていた。呼び出しのチャイムが鳴って、手を繋いだままの二人が処置室に続く廊下を歩いて行く最中、推子は予め用意していた須磨後奔と板状デバイスの動画を即座に同時再生した。注入されるコンテンツに意識を切り替えている間に、二人は光が差し込んだ絨毯敷きの廊下を新郎新婦のように寄り添いながら歩いていった。

隣を窺うと、こぴくんママが感情の一切読めない表情で、その後ろ姿を無言で見つめ続けていた。

術後、もともとデジタル機器に囲まれて過ごしていた肚に目に見えるような変化は訪れなかった。なんとなくほっとしていた推子だったが、むしろ変化は子供達のあとに別の処置室に行き、網膜にディスプレイを被せる手術を施した自分自身に現れ始めた。実際の画面を見ずに済むので操作性も向上し生活はまたしても快適になったが、その日以来、目に時折違和感のようなものを覚えるようになったのである。このままひどくなるなら一度診てもらわなければ、と思いながら、ずるずるとそのままにし続けてしまっていた。

「こんなことならもっと早くさせとけばよかったよね」

こぴくんママに突然そう言われ、丸窓の方をぼんやり見ていた推子は、「え、何を」と訊き返した。

「何って、埋込手術に決まってるでしょ」

こぴくんママが笑いながら言うので、推子も真似して笑おうとしたが、うまく声をあげることができなかった。推子はそれをごまかそうとして言った。

「そういえば、ハカセとのコーシンはどうなったの?」

「ああ、コーシンね」

こぴくんママはデジタル飼育ケースの方を不自然に見つめながら頷いた。

「まだ、隠れてたまにしてるみたい。だけど、それも時間の問題だと思う」

「どうしてわかるの？」

「母親なんだからわかるでしょ。ねえ、推子さん。ハカセさえ頭からいなくなれば、もう完全にあの子もみんなと同じ、標準的な子供だよね？」

網膜のディスプレイでさきほど撮影した画像を確認しているのだろう。うすら笑いしながら虚空を見つめているこぴくんママの横顔を見ているうち、推子の口から思わず、「本当に後悔してないの？」という言葉が洩れていた。

「後悔？　何が」

勝利感を味わっているような表情のこぴくんママは、視線を飼育ケースの方へ固定させたまま訊き返した。推子は一瞬躊躇しかけてから、少し苛ついたように続けた。

「自分の子供を等質にしたことよ」

「ああ、なんだ、そのこと」

こぴくんママはこともなげに「うん、してない」と言うと、愛おしそうに手の甲を撫でた。

「ほんとに？　前はあんなに拒絶してたじゃないの」

「そうだけど。きっと私も正真正銘、他のママと同じ、標準的な母親になれたってことよね」

こぴくんママがそう微笑んだ瞬間、推子は膝からくずおれそうな感覚に襲われた。何もかもがどうでもいいような気分になり、気づくと、「標準的な母親ね」と投げやりに言い捨てていた。

もはや会話を続ける気にもなれず、推子がのろのろとその場を離れようとすると、メッセージの受信音が耳の中に反響した。

「肚ちゃんの絵、今、推子さんにも送っといたから」

振り返った推子は「ありがとう」と事務的な口調で返事をしながら手の甲に触れた。ディスプレイが網膜上に起動し、目の前の景色にレイヤーが重なるようにホーム画面が現れる。整然と並ぶアイコンから右上のものに焦点を合わせると、音とともにメッセージが開かれ、さらに添付ファイル名に視線を注ぐと、肚の描いた絵がすぐ目の前に表示された。

無機質な箱が、こぴくんママのコセーの絶命した笑顔の上に重なっていた。

推子は残念そうな目でその光景をしばらく眺めたあと、何も言わず、満足げなママ友の側を静かに離れた。


三月最終週の土曜。子供達を起こし、濃紺スーツに身を包んだ推子は、拳を押し付けるように瞼の上から両目をぐいぐいと揉んだ。

朝起きた時から、目の奥に軽い凝りのような違和感を覚えていた。

胸につけたコサージュの位置を少し低めに直してから、ひとまわり体が引き締まったように見えるスーツ姿の自分を姿見に映した推子は「やっぱり下ろしたてはいいわね」と独《ひと》り言《ご》ちた。

スーツを毎年買い直すのは、推子の数あるマイルールのうちのひとつだった。

フォーマルウェアは定番の形だから変える必要がないと思われがちだが、実はこれほどトレンドが如実に反映されているものはない、というのが推子の持論で、実際、去年は少しゆったりめの、身幅に余裕があるものが今っぽいとされていたのに、ネットショップを覗くと、体のラインが出るような細身のスーツを着用するモデルだらけになっていた。

推子は躊躇することなく、いちばん人気の今季の型を購入した。しかし、それは単に流行を追っているだけではなかった。

ママチャリに跨ると、自分が「ママ」という性能そのものになるのと同じく、濃紺スーツを着用すると、推子はいつも自分から「保護者」という性能以外すべてが削ぎ落とされるような快感を覚えるのだった。

推子は須磨後奔を最新機種に買い替えるように、毎春スーツを新調することで、自分を「保護者」の最上位モデルに更新し、その性能を向上させたいと願っていた。

「ほら。二人とも、遅刻するから行くよ」

声をかけると、身支度を済ませた肚とお姉ちゃんが玄関で靴を履き始めた。肚は肌の一部のようになった真っ白な制服、お姉ちゃんは推子と同じ濃紺色の小学校の制服に身を包んでいる。

推子も三和土《たたき》に降りて、控えめな黒のヒールに踵《かかと》を押し込んだ。家を出る直前、元夫に声をかけようかとふと思ったが、あれほど渇望していた第三子への執着があとかたもなく消えてしまった今、特に必要ないだろうと考え直し、ドアの鍵を閉めた。

ラウンドトゥのヒール。一枚革で仕上がったエナメル素材のフォーマルバッグ。アンサンブルのジャケットの胸にはオフホワイトのコサージュ。これらを装飾して髪の毛をセットした推子は、どこから見ても卒園式に参加する保護者の見本そのものだった。

フォーマルバッグの中に白のハンカチと予備のデバイス、それに大容量バッテリーが入っているのを確かめてから門を出ると、予報とは違い、三月とは思えぬほどの強い紫外線がアスファルトに降り注いでいた。ここ数年、気候が目まぐるしく変化するので、天気予報はほとんど当てにならない。卒業式シーズンに桜が咲いている方が今では珍しく、「それが物足りない」と発言すると、もう若くない世代と分類されてしまうのだった。

「ほら、走らないでって言ってるでしょ」

紫外線に目が痛み、瞼を揉みながら推子が注意すると、それまで靴底にローラーでも付いているかのようなスピードで先を進んでいた津無と肚がほとんど同時に振り返って、「え。走ってないけど」と離れたところで声を合わせた。

「歩いてんの？　ごめんごめん。でも車、気をつけてよ」

手術を受けた影響か、このところ生命感がますます乏しくなったように見える肚が何か言い返したが、早口すぎて聞き取れない。最近よくあることなので推子は特に気にせず、「とにかく気をつけて」と念押しして、二人のあとを小走りで追いかけた。

途中、自動販売機で冷えたほうじ茶を買い、それを目にあてがうなどしてカルチャーセンターの門前に到着した頃には、すでに初夏のように緑の葉が付き始めている桜の木々の下で、半分ほどの保護者が集合していた。

これだけの人数を園で一度に収容できないため、お遊戯会や入園式などはいつも近くの小学校の体育館を間借りさせてもらっていたが、今年はこのできたばかりのカルチャーセンターを貸してもらえることになったのである。出席できるのは両親と兄弟までで、祖父母、曾祖父母は原則ライヴ配信視聴での参加に制限されている。親と手を繋いで歩く子供が被っている白いベレー帽が、巨大な人工花のようにあちこちに群生していた。

推子はママ友に挨拶をしながら足早に受付に向かおうとした。

「あ、肚ちゃん。おはよー。聞いたよ。指揮者するんだって?」

熊のぬいぐるみのようで、「プーさん」と園児から呼ばれ、保護者の間でも「かわいい」とマスコット的な扱いを受けている同じズポポ組の父親が、そう言ってにこにこと話しかけてきた。軽く談笑を交わしていると、「おはよう」と肩を叩かれ、濃紺の保護者スーツをきちんと着用したこぴくんママが、禍々《まがまが》しくも見える笑顔を浮かべて輪に加わった。

　髪を整え、いつもはしない化粧まで念入りにしているため、彫刻のような顔立ちがますます際立っている。プーさんも見とれるように口を軽く開けていたが、推子の視線に気づくと、「じゃあね。肚ちゃん、頑張ってね」と言い残して、そそくさとその場を立ち去った。

「いよいよね」

　推子が来るのを待ち構えていたのだろう。こぴくんママは染みひとつない真っ白な制服を着た息子を見下ろしながら晴れやかな口調で言った。

「あー」

　推子は返事ともつかぬ声を出しながら道に突き出している梢を見上げた。「こんな蒸し暑くなるなんて思わなかったわね」

　よそよそしい口調で応じ、そのまま別れるつもりだったが、こぴくんママは疑うこともなく推子と連れ立って歩き出した。推子はよほど、「もうあなた達は解約したコンテンツだから」と言ってやりたかったが我慢した。今日をやり過ごせば、あとは連絡を絶って二度と関係しなければいい。早足で人混みを進み続けていると、こぴくんママが唐突に「あっ」と声をあげ、集合場所になっているセンターの入り口付近を指差して立ち止まった。

「推子さん、見て。ほらあそこ。卒園式の看板が出てる」

推子は指を向けられた方向に目をやった。こぴくんママの言う通り、門柱の前には紅白の造花で縁取られた、脚のついた看板が立てかけられており、その看板の前には記念写真を撮ろうとする親子で長蛇の列ができていた。

「推子さん、あれの前で写真、撮るでしょ？」

「でも先に受付しないと、間に合わないんじゃないの」

推子はぞんざいな口調で答え、さっさと通り過ぎようとした。

「だったら私が肚ちゃんとこぴのぶん、まとめて受付してくるから。推子さん、子供達と先に並んでてよ」

「本当に並びたいの？」

思わず足を止め、推子はそう口にした。

「そうだけど。どうして？」

「だって。ついこないだまで、ああいう行列に並ぶような人間のこと、猿だの脳の一部が欠損してるだの、散々馬鹿にしてたじゃないの」

親子がまだ優良なコンテンツだった頃のことを思い出し、推子がつい皮肉を口にすると、「え？　そんなこと言ってた？」とこぴくんママは本気で忘れてしまったような口調で訊き返した。

「言ってたわよ。正気じゃないって」

「正気？　それってどういう状態？」

こぴくんママはまるで冗談を言われたかのようにまた軽く笑った。苛々した推子は会話を早く終わらせようと、「言ってなかったっけ。じゃあ勘違いね」と歩き出そうとしたが、それより早くこぴくんママが「こぴ、肚ちゃんママから離れないでね」と言い置いてあっという間に消えてしまったので、推子は子供三人を連れて列の最後尾へと移動するしかなかった。

肚とお姉ちゃんは自分の端末をとっくにいじっていたが、見ると、こぴくんもいつのまにか板状デバイスをリュックから取り出している。

「もしかして、それ自分の?」

推子が話しかけると、こぴくんは手の甲に触れながら、「うん。卒園のお祝いだよ」と頷いて端末を起動させた。

「誰が買ってくれたの」

そう続けた推子の質問に返事はなかった。顔を覗くと、男児は瞼を除去され、瞬きができなくなった鳥に似た表情で、息をするのも忘れてしまったように小さな画面を見つめていた。

推子は瞼をぐいぐいと手のひらの土手で押し込んでマッサージしてから、右耳に再生した動画の音声、左耳に「みんな大好き！　卒園式ソングス」からレコメンドされる曲を流し込み、順番が来るのを待った。

列は遅々として進まなかったが、推子にとって待つこと自体はなんの苦でもなかった。これまでもあらゆる行列に意味もなく並んできたが、その先に手に入れられるものを特に欲しいと思ったことも、なぜそこまでして並ぶのかということについてじっくり考えたこともなかった。そもそも自分だけではなく、「行列に並ぶ」という行為そのものを皆が信仰しているのだと思っていた。この長い待ち時間の最中、どれだけ思考を停止させられるかという祭りに参加しているのだ。これまで推子はそう信じて疑わなかった。

しかし推子はさきほどから、自分がこの祭りをまったく愉しめていないことに気づいていた。冷めた気持ちを打ち消すようにSNS用の写真を撮って無理やり行列を愉しもうとしたが、気分は一向に盛り上がらなかった。チップを埋めたこぴくんママが得たものと引き換えに、自分が強制的に何かを失わされたような気がしてならず、そんなことを考えているうち、少しずつ目の強張《こわば》りが強くなった。

推子は目の辺りのマッサージを続けながら顔をあげ、列の先頭を眺めた。

ズポポ組のママと子供が〈卒園おめでとう〉と書かれた看板の前で撮影を始めていた。それが終わると、次の親子も間違い探しのように同じ構図、同じポーズ、同じ笑顔で写真を撮っている。その次の親子も、位置関係が左右反転したものの、結局は完成度の高い複製のような写真を撮り終え、その次の親子も同様だった。そのようなことが推子の今まさに並んでいるこの長蛇の列の先頭で、延々と果てしなく繰り返されており、それを見ていると、なぜか目の強張りがますます増した。

もうすぐ順番が回ってきそうになっても、こぴくんママが戻ってくる気配はなかった。目をマッサージしていた手を止めた推子はさすがに気になって、

「お母さん、遅いね」

と男児に声をかけた。すると、少し前までなら列に並ぶのは嫌だと泣き叫んで逃走していたに違いないこぴくんは、板状デバイスの世界に没入したまま、「どっかで笑ってるんじゃない？」と首を傾げた。

「え、笑ってる？　なんで」

「だって昨日、ぴーくんがもうハカセとコーシンできなくなったよって教えてあげたら、おかーさん、ベッドの部屋でひーひー笑って戻って来なかったよ」

「こぴくん、ハカセとコーシンできなくなったの？」

「そうだよ」

「いつから？」

「え、いつからかはわかんないけど。でも寝て起きたら、話しかけても全然声が聞こえなくなっちゃってたよ」

男児は顔を上げぬまま、どこか他人事のような口調ですらすら答えた。

「その話を聞いて、お母さん、笑ってたの？」

「うん。ひとりでぶつぶつ言いながら笑ってたよ。でもそのあと少ししたら、須磨後奔して、いつものおかーさんに戻ってたけど」

推子が押し黙ると、こぴくんは肚によく似た揺らぎのない目で、推子の顔を覗き込んで言った。

「でも、これでぴーくんもヒョウジュンテキな子供なんでしょ？　みんなと同じになれて、スバラシいんでしょ？」

推子は男児の、瞼を除去された鳥のような顔をじっと見下ろしてから、口を開いた。

「――あのね、こぴくん、」

その瞬間、眼球の筋肉がまたひくひくと引き攣《つ》れて、小さく呻いた推子は思わず目を押さえた。


まるで先週仕上がったようなぴかぴかの壁には、不似合いな「節電」という紙がセロハンテープで留められていた。彫刻が真ん中に置かれた広々としたロビーは採光がしっかりされ、そもそも電気など必要ないと思われるほど、明るい光がそこここに満ちていた。

肚とこぴくんはすでに二階の会議室へ連れて行き、よぽぃん先生に引き渡しが完了していた。立て看板前で撮影が済んでもこぴくんママが戻って来なかったので、不審に思い、推子が受付に行くと、「え、こぴくんママですか？　来てませんよ」と言われ、慌てて受付を済ませたのである。園児はこのまま卒園式の注意事項などを受けて入場に備えて待機する、と説明された。

集合から会場の場所取りまでの手順は、あらかじめ配付されたお便りに明記されていたが、速やかに入場するため、ロビーでは保護者も私語厳禁であると改めて言い渡された。保育士の誘導に従い、二列に隊列を組んで他の保護者達とぞろぞろとロビーを横切る際、推子は自分達が濃紺色の虫の大群になった気がした。

全館空調システムを完備した最新施設というだけあって、センターには無駄なものが一切なかった。中でも特徴的なのが窓で、ああして爽やかな外の日差しが差し込んでいるように見える大きなガラスも、すべてデジタルウィンドウであるため実際には開閉できず、汚れた外気が入ってくる心配もないらしい。全館で循環している空気は常にクリーンに保たれているとやらで、鼻をひくつかせると、真新しい電化製品のような匂いがした。

市民コンサートなどが開かれる大ホールには折り畳みの座席が組まれているが、小ホールには前方にステージがしつらえてあるだけで椅子席のようなものはない。しかし行政の基準によって、透明の特殊な板で仕切られた会場は、長辺の壁に沿って真ん中と両端に通路が設けられ、左右列の十名ずつに半個室型スペースが確保されていた。畳まれたパイプ椅子をボックスに入ったら各自で広げて御着席下さい、というのが園側からのアナウンスだった。

事前のくじびきで後半の番号をひいていた推子はなかなか中に入ることができず、やっと場所取りを許された頃には、ほとんどのボックスが埋まりつつあった。お姉ちゃんと二人で通路を彷徨っていると、「こっちこっち」と声をかけられ、前方通路でこぴくんママが堂々と手招きしている姿が目に入った。

「ベストポジションでしょ。ここなら子供達の顔がばっちり見える」

家族以外の場所取りは禁止されているのだが、こぴくんママは得意げにそう告げた。受付してくると嘘を吐いて戻らなかった理由を問い質したかったが、なんとなく触れづらく、推子は「最前列取っといてくれたんだ」と言いながら仕切りを押して一人用のボックスに入った。ボックスは天井と足元で空間が繋がっている構造になっており、こぴくんママから漂う香水の甘ったるさがこちらにまで流れ込んでいた。

真新しいぴかぴかのステージには紅白の幕が掛けられ、「そつぇんおめでとう」という文字と造花が飾り付けられている。広げたパイプ椅子の下に荷物をまとめた推子は、透明板の向こうにいるこぴくんママにすばやく視線を走らせた。その頬は上気したように微かに赤く、目の周りは腫れぼったく見えた。呼吸が浅いのか、時折はっはっと胸の辺りを上下させている。さきほどこぴくんから聞いた話を思い出し、しばらく観察していると、こぴくんママは反対側のボックスに陣取っていた鉄琴担当の双子パパに向かって、唐突に、「あっ、おはようございます〜。ママ、来れなくて残念でしたね〜。合奏、あんなに見たがってたのに」と話しかけ始めた。

「え？　ああ、はい」

本格的なカメラを取り出していた父親は、こぴくんママの馴れ馴れしい態度に少し驚いたようだったが、「そうですね。予定日よりだいぶ早く陣痛が来ちゃったんで、しょうがないですけど」と愛想のよい口調で応じた。

「ママ、もう退院したんですか～?」

「いえいえ。まだ病院です」

「そうなんですねっ。じゃあ双子はパパが面倒見てるんだ。大変ですよね。頑張って下さ～い!」

「ああ、はい」

こぴくんママの妙なテンションに戸惑った双子パパは会話を曖昧に終わらせると、再びカメラを準備し始めた。

さきほどから場内に充満する、蒸れた空気のお陰で喉が渇いていた推子は、そのやりとりをじっと窺いながら、バッグからペットボトルのほうじ茶を取り出した。

誰かが窓を開ければいいのにと思ったが、ここにある窓もすべてデジタルウィンドウらしく、実際に開閉することができないのだろう。

推子はペットボトルを口に運ぼうとし、その時、「飲食禁止」と書かれた紙が両側の壁に貼ってあるのを見つけ、仕方なく蓋をし直した。黙々と端末で遊んでいる隣のボックスのお姉ちゃんを一瞥したあと、推子は反対側のボックスのこぴくんママに、「早く始まってほしいわね」と話しかけた。

こぴくんママはまだ誰もいないステージを凝視したまま、「ほんとね」と応じた。瞬きさえしていないように見えるのが気になったが、網膜のディスプレイに何か再生させている様子もない。こぴくんママは額にうっすら汗を滲ませながら不可解な笑みを時折浮かべているようだった。

どういうわけか定刻になっても卒園式は始まらなかった。後方のボックスまでぎっしり人で埋まった小ホールの空気はどんどん淀んでいき、酸欠状態のようになった推子は少しでも風に当たろうとして仕切りのない天井の方を仰いだが、息苦しさはまったく解消されなかった。

通路に近い保護者が、忙しく動き回っている保育士を呼び止め、空調のことを訴えるのが目に入った。これで調整されるだろうと安堵したが、いつまで経っても風は通らず、むしろますます蒸し暑くなる一方だった。壁際の来賓席に座る人々も後ろを振り返るなどして軽い苛立ちを見せ始めている。

「何かあったんじゃないの、これ」

推子は透明板の向こうのこぴくんママに再度話しかけた。こぴくんママはやはり誰もいないステージを見つめたまま返事をしなかった。そのうち、どこか緊迫した様子で慌ただしく動き回る保育士に他の親も気づき始めたのか、会場内が軽くざわつき出した。

さらに数分、説明もされないまま待たされていると、ようやくエプロン姿の園長先生がマイクを手に壇上に現れ、「保護者の方々、来賓の方々、おはようございます」と挨拶をした。

「本日はみなさまのご協力のお陰で、非常にスムーズに入場案内ができましたことに、まずはお礼申し上げます。それと、本来ならとっくに式の方、始まっている時間なのにお待たせしてしまい、本当に申し訳ありません」

園長は平身低頭といった具合に頭を下げた。

「ただいま、合奏用の楽器の一部が紛失するというトラブルが起こりまして、今、保育士全員が連絡を取り合って対処しているところです。合奏は園児が三ヵ月前からこの日のために練習してきた大切な演目です。なんとか成功させたいと思い、今、園の方にも保育士が探しに戻っています。みなさんのご予定もあると思いますので見つかり次第、すぐに式を始めたいと思っています。保護者の皆様はどうか、外に出たりせず、今しばらくそのままご待機していただけますよう、よろしくお願い致します」

園長はざわつくホールに向かって素早く一礼すると、壇上から足早にいなくなった。

事態が飲み込めないでいるうち、痩せた副園長が入れ替わりのように小走りに出てきて、「すみません、えー皆様、それからもうひとつ。この部屋の暑さについてなんですが。センターの空調システムにちょっと問題があったみたいで、そちらもですね、早急に原因を調べているとのことですので、もう少しだけご辛抱下さいっ」と天井を引っ掻くような声で説明した。

来賓席の面々のもとへ若い保育士が駆け寄って、頭を下げながらホールの外へ誘導し始めるのが見えた。

副園長も一礼し、逃げるように引っ込んでしまうと、方々から溜息のような、戸惑いのような、不満のような声が漏れ聞こえ始めた。数人がトイレに立ったが、残りの保護者は園長に指示された通りどこにも行かず、一斉に耳朶や手の甲を触り、端末をいじり始めたようだった。

推子も化粧した額に玉のような汗を浮かべながらノイズキャンセリング機能をオンにし、外界との接続を完全に遮断した。網膜に動画を再生しつつ隣のボックスを窺うと、こぴくんママは頭上に顔を向けて、ぶつぶつと独り言でも言うように口を動かしていた。

少しすると、目の奥にやはり引き攣れるような凝りを感じたので動画を止め、しばらく目を閉じてやり過ごすことにした。しかし、痛みは引くどころかますます強くなっていき、そのうち首筋の辺りまでがびりびりと痺《しび》れ始めたので、推子は目を開けてステージの方に顔を向けた。

すると、今しがたまで紅白の縦縞がきっちり交互に走っていたはずの垂れ幕が、ぐちゃぐちゃにかき回されたようにピンク一色になっていた。

一瞬何が起きたのかわからず、推子は目を何度も瞬《またた》かせた。視界が何重にもぶれ、ぼやけていくような感覚に襲われ始めたので、指の腹で眼球を強く押してからもう一度確認したが、やはりそこには紅白の境界を失ったマーブル模様が荒々しく渦を巻いているままだった。

驚いた推子は目の強張りと息苦しさに耐えつつ、後ろを振り返った。

そこには、小ホール全体が夥《おびただ》しい数の濃紺色の立方体によって埋め尽くされている光景が広がっていた。

どこを見ても立方体しかなかった。

少しの間、頭の中が真っ白になった推子は口の隙間から小さく悲鳴を漏らしかけたが、すんでのところでそれを堪えた。なんとか自分を必死で落ち着かせるために浅く呼吸を繰り返してから、もう一度、呆然とした表情でホール全体を見回した。

やはり、さきほどまで人が入っていた透明の仕切りの中に、ひとつずつ濃紺の立方体が収まっているようにしか見えなかった。

息を呑んだ推子が、信じられない気持ちで両隣のボックスにそろそろと視線を移すと、右側のボックスに大きめの塊が、左側にそれよりやや小さめの塊が収まっていた。推子は唾を飲み込んでから小さめの塊に向かって、「ちょっとロビーで、飲み物買ってくるね」と掠れ声で告げてみた。

小さめの塊は波打つように小刻みに振動した。その表面は裁断したように滑らかで美しく、吸い込まれるような光沢を放っていた。金属のようにも、巨大な羊羹《ようかん》のようにも見えた。

推子はよろめきながら立ち上がった。

躊躇したが、意を決して正面の板を押し、ステージに対し平行に伸びる、人ひとりが通れるほどの通路へと出た。

　中央通路までそのまま移動しようとした推子は、やはり仕切りの中が気になり、目を釘付けにしながらゆっくりと足を動かしていった。立方体はそれぞれ大きさが微妙に異なるものの、それ以外は何もかも均一の物体であるように見えた。

　硬いのか柔らかいのかすら想像のつかなかった濃紺色の塊をひとつひとつ観察するうち、推子はこのキューブ状の物体に愛着のようなものを感じ始めている自分に気がついた。

　中央通路に出た推子は、左右に整然と立方体の並んでいる平板な空間を見つめながら静かに息を呑んだ。

　眼球の引き攣れは相変わらず続いていたが、濃紺色の美しい立方体が一斉に律動している空間は、そんなことも忘れさせるほど推子を強烈に惹きつけた。

　立方体達は、愛おしむように仕切りの中を観察する推子になんの関心も払っていないようだった。

　恍惚とした表情を浮かべた推子は、そろそろとホール後方に向かって歩き出し、そして瞬きも忘れてこの光景に見入っていたが、やがて目の奥が思い出したようにずきずきし始めて立ち止まった。掌底を眼球ごと押し潰すようにぐいぐいと押し込んだ。血が止まりそうなほど瞼を強く圧迫していると、そのうち痛みが少しだけ和らいだような気がしたので、透明板にもたれかかるようにし、推子は体勢をよろよろと直した。

瞼の辺りが痙攣《けいれん》し、どくどくと熱く脈打っていた。

そのまま痛みを我慢し、薄く目を開けた推子は、思わず小さく声を漏らした。

いつの間にか、仕切りの中から濃紺色の立方体がひとつ残らずなくなっていたのである。

驚いて目を見張ると、代わりに視界に入ったのは、同色のフォーマルウェアに身を包んだ、同じ園の見慣れた保護者達だった。

裏切られたような表情を浮かべた推子は通路近くのボックスにいた、ひとりの保護者に呆然と目を留めた。それは、さきほどまでの愛おしい立方体とは似ても似つかない、歪《いびつ》な形をした生き物だった。

熊のキャラクターと同じ愛称で呼ばれていた巨漢の父親はふうふうと息を切らしながら、ボックスの中で須磨後奔を弄《もてあそ》んでいた。推子がその顎下から次々に滴《したた》り落ちる汗の雫《しずく》に目を奪われていると、その目がまたずきずきと痛み始め、今度は解像度があがっていくように視界が急激に鮮明になり始めた。

その途端、コンピュータで着色したような滑らかな肌色に見えていた父親の皮膚は、凹凸のひしめき合う、無数の毛穴の寄せ集まった皮に変わり出した。脂ぎった汁のようなものが父親の顔全体にじっとりと滲み出てくる。おでこや鼻下の皮脂の分泌が特に激しいらしく、白い膿《うみ》のようなもので詰まった毛穴の周辺が炎症し、その膿の先端からは粘性の液体がほとばしっていた。肌が弱いのか、剃刀《かみそり》負けしたように皮膚のところどころが赤くなり、血がうっすら滲んで、剃り残された髭が薄汚く散らばっていた。

髪の根元には、うろこ状の白い角質細胞が粉を吹いたように付着していた。よく見ると、それはスーツの肩の付近にも落下しており、思わず顔を歪めた推子の目の前で、太い指を地肌に深く差し込んだ父親は、頭皮を根こそぎ剝ぐように爪を立て思いきり指を動かした。爪は長く伸び、不衛生だった。指との隙間にはたった今、頭から掻き出した角質細胞と、いつ食べたのかも分からないスナック菓子の黄色い粉のようなものが詰まっていた。父親は端末を凝視しながら時折「くっくっ」と声を漏らしたが、その歯と歯の間には歯石が溜まり、表面はざらついて茶色く汚れ、唇の皮はめくれて乾燥し、口端は僅《わず》かに裂け、ピンク色の肉が露出していた。

指の背には毛が生えていた。下腹の肉はでっぷりと緩みきっていた。ボタンを弾けさせんばかりに白いシャツの中で脂肪が膨れ上がり、臓器を圧迫している。不健康そうな内臓から発せられた生臭い息が、まるで自分の鼻先に直接吐き出された気がして、推子は吐き気を催した。

ひとつ後ろのボックスに座っている、めかし込んだ母親もグロテスクだった。毛穴を隠すように念入りに塗り込まれた化粧が汗で浮き上がり、顔の表面上で崩壊を起こしている。その額は不自然に皺がなく、何かで後ろから引っ張られているかのように肌全体がピンと張り、馬が乗り移ったかのように鼻梁《びりょう》がくっきり通り、眉の付け根と鼻頭と下顎の先端、それに唇がまるで粘性の液体でも注入されたかのようにぼってりと厚く膨らんでいた。塗りすぎたマスカラはまつげに浅ましく絡みつき、しっかり塗られた口紅が僅かに唇からはみ出して前歯の一部を赤く汚していた。

巨漢の父親も化粧の濃い母親も、外界からの情報を完全に遮断し、脳が溶けたような表情で端末を一心不乱に見つめているのだった。これだけ暑いにもかかわらず上着を脱ごうとも、ネクタイを緩めようとも、シャツのボタンを外そうともしていないのは、周りの仲間に倣っているのだろう。それはもはや、この生物達の習性のようだった。閉じ込められているかの如く二体は狭苦しい箱から逃げ出すこともせず、汗腺から吹き出す体液を流れるに任せていた。

気がつくと、ホール全体が同じ状態の生物で溢れ返っていた。

推子の目にそこはもう、端末を餌に与えられた濃紺色の生物達が、ぎっしりと飼育されているケースにしか映らなかった。

自分が彼らと同色の皮膚に身を包んでいることに気づいた推子は小さく悲鳴をあげながらジャケットを身から剝がし、足元に投げ捨てた。

その間にも視界はどんどん鮮明になり続けていた。

推子はチップを埋め込んだ自分の手の甲を見おろし、その直後、「う」と呻いてハンカチで慌てて口を押さえた。

その生々しすぎる質感は、ここにいるグロテスクな生物と何もかも同一のものだった。推子は朝食とともに逆流してきそうになる胃液を堪えながら、そのおぞましい自分の手の甲になんとか触れた。

いつものように、体内に通じるあらゆる場所からコンテンツを流し込み、自分の中身を飽和させるつもりだった。しかし、どれだけコンテンツを同時再生しても、空き容量が浸されていく感覚は一向に訪れなかった。推子は必死に意識を切り替えようとしたが、そのうち、空き容量の方から少しずつ声のようなものが聞こえ始めていることに気がついた。

推子はその声を消そうとして、手の甲を手当たり次第に操作した。しかし声は次々と増殖し、ついには「こうしてコンテンツを必死に流し込むために、体内に無数の機器を埋め込んでいる自分は、もうとっくに脳が損傷し、精神構造が破壊されているのだ」と繰り返し始めた。

よろよろと歩き出した推子は小ホールの後方に辿り着き、出入口の扉に弱々しく手をかけた。

同時に、扉が向こう側から強く引かれ、汗を滝のように滴らせた園長が推子を押し退けてホールに飛び込んできた。そのまま園長はステージまで小走りで上がって行くと、深々と頭を下げて大声で報告を始めた。

「みなさんっ、ただいま園の方で楽器が無事見つかったという連絡がありました！　本当にお待たせして申し訳ありませんでした！　この暑い中、待機してくださって本当に、本当にありがとうございます！　皆さん待ちくたびれていると思いますので、このまま速《すみ》やかに卒園式に移りたいと思います！」

その声で仕切りの中の人々が我に返ったように一斉に端末から顔を上げ、慌ただしく撮影の準備をし始めた。

推子はホールを出て行こうとしたが、重い扉はなぜか開かず、押し引きして手間取るうち、よぽぃん先生がマイクを持ってステージの袖から現れ、元気よく声を張り上げた。

「それではプログラム一番！　卒園児入場です！」

保育士二人が外に待機して扉を押さえていたらしく、次の瞬間、推子の目の前で扉が左右に大きく開かれた。

ＢＧＭとともに、真っ白な制服に身を包み、隊列を組んだ子供達が、推子の両脇を流れるように通過していった。透明板の向こうからグロテスクな生物達が一斉に端末を向けている。まるでそのために生まれてきたかのように端末を手にした生物達が嬉々として使命を全《まっと》うする中、無表情の園児は一糸乱れずに行進した。その光景を見つめているうち、再び声が訴えるように頭の中で合唱を始め、吐き気の込み上げた推子のこめかみはぴくぴくと激しく脈打った。

目の痛みは、もはや激痛に変わろうとしていた。

大太鼓。小太鼓。シンバル。リコーダー。鍵盤ハーモニカ。トライアングル。様々な楽器の音色がひとつに融合し、完璧に調和しながら「気球にのってどこまでも」のメロディを演奏している。

出入口近くの壁際に立ったまま、在園児挨拶、卒園証書授与、とプログラムが進行していく光景を眺めていた推子は激しい目の痛みを堪えながら、曲がクライマックスに突入するタイミングを息を殺して待ち構えていた。

演奏はもうすぐ、最後のパートを迎えようとしていた。

顎から滴る汗を手の甲で拭った推子は壁際をふらりと離れて中央通路に出ると、ステージへ向かってゆっくりと足を踏み出した。

推子の不審な行動に気づくものは誰もいなかった。ステージに視線を注ぎ続けている保護者達の浅ましい生態をずきずきと痛む網膜に焼き付けながら、呼気を荒くした推子は取り憑かれたように前方へ静かに進んでいった。鍵盤ハーモニカを吹いている子供の一人が推子の怪しい目つきに気づいたのか不思議そうな表情を一瞬浮かべたが、大人への疑問を一切持たせない教育のお陰で、すぐに肚の振る指揮棒へ意識を戻した。

合奏がクライマックスに突入しようとしていることに気づいた推子が、まさに前方へ走り出そうとした、その瞬間だった。

どれっ。

という絶叫が鋭く響き渡り、何者かがステージ脇の階段を一気に駆け上がっていくのが視界に入った。

中央通路に立ち竦《すく》んだまま目を見張っている推子の前に現れたのは、顔面が崩壊しそうなほど痛々しい笑みを浮かべたこぴくんママだった。こぴくんママは自分がステージ上に乱入したこともわかっていないかのように、顔を左右に動かしながらふらふらと演奏中の子供達に近寄って行くと、もう一度、

どれっ。

と死に際の鳥のような甲高い声をあげた。

ホール中の保護者達が息を呑んだが、子供達は誰ひとり、こぴくんママに意識を向けていなかった。プログラムを完璧に遂行する訓練を受けたかのように指揮棒を振り続ける肚に従い、全員が合奏を続行している。いちばん背の高い男児が乱れのないリズムでシンバルを打ち鳴らし、トライアングル隊がそれに続いていた。こぴくんすら他の園児同様、表情一つ変えず、淡々と小太鼓にばちを下ろし続けていた。事態が呑み込めないまま、客席の空気だけが恐怖に凍りついていた。

すぐに顔面を蒼白にしたよぽぃん先生が現れ、こぴくんママの腕を摑んだ。先生は半ば引きずるようにステージの袖へと連れ込もうとしたが、こぴくんママはその手を激しく振り払うと、子供達の列を指差して、

どれなのっ。

と目を剝いて叫び出した。

こぴっ。どれなのっ。

数名の保育士に取り押さえられたこぴくんママは髪を振り乱し、袖に引きずり込まれながら叫び続けた。

こぴっ、どれなのっ。どうして返事してくれないのっ？　お願いだから返事してっ。どれなのっ？　こぴっ。どれなのっ？

いつのまにか演奏は止み、ホールは水を打ったように静まり返っていた。

どれっ。こぴ、どれなのっ。どれなのっ。どれなのっ。どれなのよっ……。

姿が見えなくなっても、こぴくんママの絶叫は袖から聞こえ続けていた。こぴくんは自分が誰なのかもわからないような眼差しで、母親の連れて行かれた方向をぼんやりと見つめていた。中央通路で固まっていた推子も放心したように動けなかった。

やがてステージの方で何かがぴしっと叩かれる鋭い音がし、推子が我に返ると、肚が指揮棒を構え直しているところだった。それを見て、園児達も連動したように一斉に楽器を持ち直す。

一拍後、「気球にのってどこまでも」が、何事もなかったかのように再び最初から演奏され始めた。

まるで事前に機械がレコーディングしたような、生命感も躍動感もない完璧な合奏だった。それを聴いているうち、段々と脈が落ち着き始めた推子は、さっきまで頭の中で反響していた声がぱったりと聞こえなくなっていることに気がついた。あれだけひどかった眼球の痛みも、嘘のようになくなっていた。

危ないところだった、と推子はまだ体の中で激しく乱れている鼓動を感じながら、そろそろと息を吐き出した。もしあのまま頭の中の声を聞いていたら、自分もこぴくんママのようになっていたかもしれないのだ。絶叫しながら袖に無理やり引きずり込まれるママ友の変わり果てた姿を思い出した推子は、

「やっぱり生のコンテンツは最高ね」

と呟くと、もう一度、深々と息を漏らした。

冷めてしまったコンテンツへの興味を、自分が取り戻すなど生まれて初めてのことだった。

人間としての性能が向上したことを感じ取った推子は、ママチャリの電源を入れる時のように安心しきった表情で、強張っていた全身から力を抜き始めた。たった今、来週手術をしてさらに機器を埋め込もうと決めたからなのか、子供達の奏でる音色に合わせて体はどんどん快適になっていき、頭の中は不安や疑問の一切ないクリアな状態に澄み切っていった。

手の甲を操作した推子は、人工のコンテンツを体内へ惜しみなく流し込み始めた。頭の右側の注ぎ口から三倍速の動画の音声。左側の注ぎ口から四倍速の「みんな大好き！卒園式ソングス」。下部の注ぎ口からケーキの味、中央の注ぎ口から春の香りを注入し、いちばん目立つところにある二つの注ぎ口に、肚の生まれた時から今日までの写真をスライドショーにしてどくどくと流し込むと、自分という道具が内側から弾け飛ぶよう

な、信じられないほどの強烈な恍惚に襲われた。どんなクソでも一層躊躇なく飲み込める自分になったことを知らせる完了音が高らかに鳴り響くのを聞いた推子は、そのまま目を閉じ、コンテンツの渦に身も心も飛び込んでいった。

そっと薄眼を開けた時、視界に入ったのは、指揮棒を下ろした肚が無駄のない動きで客席に一礼している姿だった。

推子がぼんやりしていると、静まり返っていたホールから手を打つ音が小さく聞こえ始め、次の瞬間、割れんばかりの拍手が一斉に沸き起こった。

推子も端末を置き、感覚がなくなるまで両手を力一杯打ち続けた。

拍手が鳴り止むと、推子は須磨後奔を構え、我が子にレンズを向けようとした。

しかし、楽器を置いて全員で一礼して頭を上げた子供達は皆、同じ顔、同じ体型、同じ性別の真っ白な生き物になっていた。

推子は誰よりも前のめりになると、かわいい子供達を嬉々として動画に収め始めた。

マイイベント

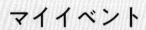

朝から怪しげな筋雲が空一面に広がっていたこの日。マンション近くの土手で飼い犬ゴローを散歩させていた田代渇幸《かつゆき》は、歩きながらネットニュースを虱潰《しらみつぶ》しにチェックするのに余念がなかった。

「おおい、ママ」

ほどなく、スマートフォンから忌々しげに顔をあげた渇幸は、前をずんずん歩いているサウナスーツ姿の妻の背中に向かって声をかけた。

「なんか言った？　パパ」

十メートルほど先を歩いていた張美《はりみ》が耳からイヤフォンを外し、振り返った。体重の増加を気にし出した張美がウォーキングダイエットを始めてからというもの、休日の午前中、近所の土手にこうして飼い犬の散歩に出かけるのは夫婦ふたりの習慣であった。少し先で張美が立ち止まったのを確認した渇幸は短い足でちんたら追いつくと、

「荷物さあ、ほんとに受け取ってないの？」

と疑わしそうな声音で尋ねた。この質問は朝からこれで三度目であった。

「だから言ったじゃん。受け取ってないって」

張美はそう答え、渇幸を待っている間、その場で軽く膝を屈伸させた。

「不在票も来てなかった？」

「そんなに気になるなら問い合わせればいいじゃん」

「うん。だからこの配達状況ってところを確認してんだけど、ずっと未発送のままなんだよなあ」

「じゃあ、大人しく待ってればいいじゃないの」

そう言うと、張美は上半身を捻って腰回りのストレッチを始めた。見た目にひと一倍気を遣う張美は長身で、四十代前半にしては体型も引き締まっている。ダイエットが必要なのは、むしろ最近どんどん腹の肉が前に迫り出し始めている渇幸の方なのだが、のびのび快適スラックスパンツを穿《は》いた渇幸は脂肪でふくらんだ腹を掻きながら、「いやいや、でもさあ」と不服げに声をあげた。

「本来だったら、この荷物は昨日の午前中には届いてなきゃおかしいんだよ。そりゃそうだろう。こっちはわざわざ時間指定して、その時間、在宅して待ってるんだから。つか、僕みたいな会社員にとって土曜の午前がどれだけ貴重かってことくらい、どんな馬鹿でもわかることなんだよ。つか、それ以上に、僕の心はどうなるんだっ。待ってたのに荷物が来なかったことで傷ついた責任は誰が取ってくれるんだっ」

犬用伸縮性リードをぐいぐい巻き取りながら抗議の声をあげる渇幸に、張美が「でもパパってその荷物、いつ注文したの？」と気のない様子で尋ねた。

「いつって。一昨日だよ」

憤然としながら渇幸がそう答えると、張美は当然のように言い切った。

「なんだ。じゃあ、しょうがないじゃん」

「えっ。なんでだよ。だってちゃんと昨日の午前中に届くように指定したのに」

「パパ、どうせ、ちゃんとサイトのトップページ読んでないでしょ？　一番上のところに、一部地域で遅延が見込まれますって書いてあったわよ」

「え。そうだっけ？」

「そうだよ」

張美が断言すると、

「そうかあ。書いてあったかあ。それは見落としてたわ。つか、最近、細かい字が全然見えないんだよなあ」

と渇幸は決まり悪そうにぶつぶつ呟き、わざとらしく目頭を揉んで対岸の方を遠望していたが、やがて開き直ったように胸を張ると、「いや、だとしても台風が来るのはこれからなんだから、今、荷物が遅れてることとは関係ないだろうっ」と憤然とした表情を作った。

「関係あるよ。どうせパパみたいに迷惑な人達が防災用品こぞって注文して、物流がパンクしちゃってるんでしょ」

それだけ言うと、張美は腕を振って再び前進し始めた。それに対し、渇幸は短い足をせわしなく動かしてぴったりと隣を歩きながら、気分を害された時のねちっこい口調で食い下がった。

「ママ。今の言い方はどうなのかなあ」

張美は無言のまま美しいフォームで歩き続けた。

「今の発言は、どう考えてもおかしいんじゃないの？　だってママが言う迷惑な奴らって、政府が五十年に一度の大規模災害になるって発表した途端、慌てて買い占めし出した奴らのことでしょ」

「うん。毎日ニュースにもなってる」

張美は白いものがちらほら交じっている渇幸の頭頂部に視線を注ぎ、また前を見た。

「ほらほらほら。やっぱそうでしょ。そういう奴らのことを言ってんでしょ。でも僕は違うじゃん。そんな発表されるずっと前から真剣に防災に取り組んできたこと、ママだって知ってるはずじゃん。僕は誰よりも災害に対する意識が高いんだよ。それなのにああいうニュースになってるような連中と一緒にされちゃ困るわ。つかさあ、僕の注文があんな冷やかしで騒いでる馬鹿のために未発送ってこと自体が間違ってるっつか、そもそもあってはならないことなんだよっ」

渇幸の息があがっていることに気づいた張美は歩速をやや緩めながら、「で、パパ、なに注文したの？」と訊いた。

「ああ、乾麺だよ、乾麺。あと防災用トイレと、ゴローの餌」

渇幸がそう答えた途端、休日にもかかわらずしっかりナチュラルメイクを施された張美の眉が微かにあがった。

「パパ、嘘でしょ？」

「嘘って何が」

張美の足が止まったことに気づき、渇幸も立ち止まりながら訊き返した。

「パパ、乾麺ならもう、うちに死ぬほどあるよね。トイレも餌も、段ボールで売るほどあるから絶対に買わないでねって、私、先週お願いしたはずだけど」

「あれ、そうだっけ？」

張美の険しい口調に口ごもった渇幸は、一瞬たじろぐような表情を見せたが、すぐに背筋を伸ばして取り繕うように続けた。

「でもこういうのは、用心しといてしすぎることはないんだよ」

「そんなこと言って、台風の進路が逸れたらどうすんの」

「そうなったらそうなったで、うわっ、全部無駄になったねって家族で笑えばいいじゃん。でもそれは不測の事態に備えて、ちゃんと用心しといたからこそ笑えるっつか、逆だったらどうしようもない話なんだよ。それに万が一、進路がずれたとしても、そん時は、僕らのかわりに別の誰かが被災してるかもしれないんだから、全部寄付すればいいんだよっ。家族で被災地にボランティアに行けばいいんだよっ」

渇幸は握ったゴローのリードを振り回すようにしてまたも強弁したが、張美は「パパがボランティアなんてするわけないじゃないの」と一蹴すると、引き離すように足を動かし始めた。渇幸もあとに続こうとして、しかし、すぐに諦めた。散歩以外に、ここに来た目的を思い出したのである。穏やかな瀬音を聞きながら再びちんたら歩き始めた渇幸は、しばらくして不意に足を止め、周囲にさっと目を配った。

土手には、どんどん小さくなっていく張美以外、誰の姿もなかった。

今日一日、不用意な外出は控えるように、という政府からの注意喚起のせいだろう。日頃ならばのんびりウォーキングをしたり、ジョギングをしたり、ロードバイクでサイクリングをしたり、渇幸のように愛犬を連れたりと、暇そうな近隣の人々が思い思いに憩う姿が散見されるのだが、今日は人っ子ひとり見当たらなかった。

対岸に目を移し、ようやくふらふらと動く豆粒のような自転車を一台見つけた渇幸は、「ったく、まだ雨も降ってないのにどいつもこいつも警戒しすぎなんだよなあ」と独り言ちつつ川岸を覗き込んだ。黄土、赤銅、白、灰。色そして形も様々な石が転がる河川敷にも同様に、釣り人ひとりいなかった。代わりに、鉛色の水が川底を這うように流れていた。さきほどから雲が刻々と形を変えている空を、黒っぽい鳥が鋭い鳴き声をあげて飛んでいた。新しい台風情報がないかを素早くチェックし終えた渇幸は、カメラを起動させると、スマートフォンを構えつつ、ちょうどよいアングルを探し始めた。

構図にこだわりながら、普段とさほど変わり映えのしない河川を何枚も写真に収めて

いると、愛犬のゴローが渇幸の足元に擦り寄ってきた。画面から目を離した渇幸は、

「ゴロー。なんだお前。もしかして台風、心配してんのか？」

と言いながら撮影の手を止め、ゴローを抱き上げた。足の短い豆柴であるゴローは、利発さの感じられないぼんやりした顔を渇幸に嬉しそうに向け、息を弾ませた。

「この川が、万が一、氾濫《はんらん》してもうちは大丈夫だからな、ゴロー」

渇幸はそう言うと、少し離れたところにあるマンション群の方を誇らしげに振り返った。土手から渇幸の住むマンションはベランダに人が立てば目視できるくらいの距離にあった。渇幸はそのマンションの最上階の角部屋を指差すと、幼子が褒美を与えられた時のようなうきうきした口調で説明を始めた。

「な。あそこだよ。あの茶色いマンションの、いっちばん上。見えるだろ、ゴロー。パパはあそこに家を買ったの。いや、つかね、ほんとは一階の部屋とかも空いてて、そこなら三百六十万も安かったんだけどさあ、でもあんなとこ粉塵とか騒音もすごいし、第一こんなでっかい川近くの低地で一階とかってあり得ないじゃん。ああいうとこに住む連中って、そのこと、どう思ってんのかなあ。うちは最上階でよかったよなあ、ゴロー」

渇幸はそう言ってゴローを地面に下ろすと、またやたらとこだわってスマートフォンで河川敷の写真を撮り始めた。ほどなく満足げな表情を浮かべて撮影を終了した渇幸は、慣れた手つきで画面を操作し、〈マイイベント〉と名前のついたフォルダを開いた。

フォルダはさらにアルバムごとに分類されており、それぞれに〈2015年9月　台風〉〈2016年5月　地震〉〈2018年10月　集中豪雨〉などとタイトルが付けられていた。渇幸は今日の日付が入った新規のアルバムを作成すると、たった今、撮影した河川の写真を次々に保存した。

にたにたした顔つきでそのフォルダを眺めながらマンションへと戻った渇幸は、住人専用駐車場から裏口に回り、スチール製の門扉の鍵を開けて建物に入った。エレベーターで十一階に到着するなり、共用廊下に誰もいないことを確認した渇幸は、「よし、いいぞ」と言いながら抱きかかえていたゴローをすかさず着地させた。

マンションの共用スペースでペットを放すことは固く禁止されていた。が、渇幸は廊下に誰もいない場合、必ずこうしてゴローを放つことにしていた。理由は明白で、抱きかかえての移動が面倒だったからである。近所の目を気にする張美にはいつも咎められたが、渇幸はまったく気にせず、どころか、そのたびにエレベーター内に留められた「犬を放さないで下さい」という張り紙を手の甲でぴしぴし叩きながら、お決まりの自説を得意げに開陳した。その内容は大体こんな感じであった。

「そもそも僕は日頃から、車がまったく走ってない道路の横断歩道で、信号が青になるのをひたすら待ってる歩行者を見るたび、居《い》た堪《たま》れない気持ちになるよ。決められてるからっていう一点で、疑問も持たずにそうしてるんだとしたら、僕は怖いわ。その思想こそ危険だと思うわ。だって決まりごとなんてもんは、それが守られると都合がいい誰かによって作られてるわけだからね。で、その誰かからしてみれば、自分達の都合さえ脅かされなきゃ、別になんだっていいって本音では思ってるわけなんだよ。ここの管理会社だって住人同士のトラブルにさえならなきゃ別にいいですよ、って意味をこの張り紙の言外に込めてるわけよ。僕が同期の人間より出世が早いのは、その言外の意味を実に正確に読み取って、ぎりぎりのところを攻めて仕事するからなんだけどね……」

玄関のドアを開けると、すでに脱衣所からドラム式洗濯機の運転音が聞こえていた。三和土に張美のランニングシューズを発見した渇幸は、「おおい。ママ」と声をかけつつ、ゴローを背中からひょいと持ち上げた。ジーンズ姿に戻り、アップに纏《まと》めていた髪を下ろした張美が、ウェットシートを手にして廊下に現れた。張美はシートでゴローの汚れた足を拭いてやりながら言った。

「私、台風来る前にいろいろ終わらせないといけないんだけど、パパは？　このあと何すんの？」

「うん。じゃあ僕は窓ガラスの養生でも終わらせるかな」

「いいわね。でも、そういえば養生テープってまだあるの？　こないだパパ、全部使い切ったって言ってなかった？」

「わっ、そうだった」

張美の指摘に、渇幸は大袈裟に顔を歪めた。

「でも、あれだけ防災用品買い込んでるんだから、予備くらいあるわよね」

張美はそう言って、冷ややかな視線を斜め後方の渇幸の自室へと注いだ。それを受け、渇幸は居心地悪そうに「いやそれは……」「ちょっとどうかなあ」などともごもご不明瞭な言葉を発していたが、張美の眉間に深い皺が刻まれていくのを見て取ると、「まっ、いいや。ナカムロに行って探してくるよっ」と出し抜けに明るい声を出し、ゴローを上框《あがりがまち》に着地させた。

「パパ、」

何か言いかける張美を無視し、渇幸はどすどす足を踏み鳴らしながら廊下の、向かって右側の扉を開けた。

そうして入って行ったのは八畳の洋室にウォークインクロゼットが備わった、この家の寝室であった。

窓際に置かれたクィーンサイズのベッドが張美と息子の渇未知《かつみち》用、その反対側の壁際に離されるように床に敷かれた布団が、渇幸用に割り当てられていた。もともとはベッドに親子三人川の字で寝ていたのだが、年々酷くなる渇幸のいびきに家族が堪えられなくなり、移動を申し渡されたのである。

渇幸は通勤用の鞄から長財布を取り出して玄関へと戻った。散歩用に重宝している軽い合成樹脂製のサンダルに踵を入れていると、トイレでゴローの糞を流し終えた張美が、「これ以上、絶対何も買わないでよ。マンションで噂が立ってるんだから」と釘を刺した。

「わかってるよ」

「あと、あんまりふらふらしないでね。危ない」

「台風が直撃するのは十九時頃なんだから、まだ全然余裕だろう」

そう言うと、渇幸は張美の言葉を遮るように玄関ドアを開け、ひとりでふらふらと家を出て行った。


渇幸が三十代半ばに購入し、フルリフォームを施したマンションは、都下にある巨大な集合住宅であった。最寄り駅からは徒歩二十五分とかなり離れるものの、公園や川が近いという自然に恵まれた立地や、３ＬＤＫという間取りから、入居者は渇幸らと同じ、子を持つ夫婦が大半のようであった。周囲にはこのようなファミリー向けマンションが流行り物のように次々に建設されていたが、レンガ色の外壁を張った渇幸の中古マンションはその重厚感が年代を感じさせるぶん、他よりは手頃な価格で売りに出されていた。

価格が手頃な理由はそれだけではなかった。マンションはコンクリート工場に隣接していたのである。生コン工場は朝早くから夜遅くまで機械が稼働し、重機の作業音と大型トラックの出入りする微かな振動が引きも切らなかった。低層階の住人はこの粉塵や騒音や振動に悩まされ、庭やベランダに洗濯物を干すこともできないらしかったが、最上階の渇幸達は、そのようなトラブルとはまったくと言っていいほど無縁であった。

渇幸と張美はよく低層階の住人の生活を話題にし、そして、十一階のベランダから見下ろした際の、きらきら陽光を受けて反射する川面や、見ているだけで癒される長閑《のどか》な河川敷、天気の良い日に一望できる富士山の青ざめるような雄大さや、すすきで覆われた土手の黄金色の美しさなどについても、まるで自分達の所有物であるかのように語り合った。

というのも、渇幸は高所から眼下を見下ろすことに、異様に執着する男だったからである。張美と結婚する以前も、デートはやたらと高層ビルのレストランや展望台ばかりに連れていき、そんな時、渇幸は必ず分厚い嵌め殺しの窓ガラスの外を嬉しそうに指差しては、「見ろ。下界の蟻どもがあくせくしてやがる」と卑しい狒々《ひひ》のような顔で笑った。これまでに交際に至った女はそんな渇幸に対し、困惑もしくは軽蔑の交じったような眼差しを漏れなく向けたが、張美だけは「もう。そんな言い方して」と口では窘《たしな》めながらも、特になんとも思っていない表情を浮かべているのであった。

内装をフルリフォームする際、渇幸は迷うことなく、ベランダ側のすべての窓を防音性の高い二重サッシに交換した。住宅ローンの完済年齢を六十五歳と設定し、万が一、渇幸が死亡すればチャラになる保険にも加入済みであった。

張美から逃げるように家を出た渇幸はエレベーターホールまでの長い廊下を歩きながら、各世帯それぞれに与えられている、スチール製門扉の内側、すなわちポーチ部分にじろじろと値踏みするような視線を走らせた。このスペースについてとやかく言うのは、渇幸の密かな愉しみのひとつであった。張美と二人で歩く際、渇幸はよく「ここに、その家の人間の全人格が反映されるんだよなあ」と賢《さか》しらな口調で言い、人様のポーチの批評を頼まれてもないのに始めたりした。その内容は大体こんな感じであった。

「まずもう、こういうプライヴェート・エリアを外から平気で丸見えにしておける神経っつうか、これがもう僕には信じられないわ。だって、こんなもの囲いでもなんでも設置して、目隠しすればいいだけじゃん。あんなすぐそばにナカムロがあるんだからさあ」

「確かにね。せめて屋外用のストッカーくらい買えばいいのよね」

「そうだよ。ほら、この家なんてもうゴミ溜めみたいになってるじゃん。きったねえなあ」

「まあね。確かにうちほどちゃんとしてる家ってないわよね。うちはパパがＤＩＹ得意でよかったね」

「当たり前だよ。だって家の美観を守るのはこのマンション全体に対しての、最低限のマナーじゃん。うちのあの柵っていうか、板塀もそのままじゃ味気ないから、ちゃんと上の部分を斜めにカッティングして、いい感じのダークブラウンに塗装してあるでしょ」

「そうだったっけ」

「そうだよ」

「偉いわね。でも、なんでわざわざそんなことしてんの？」

「だからそうやって努力して、このマンションのグレードっつか資産価値みたいのをあげようと貢献してるんだよ」

「そうなんだ」

「そうだよ。なのに、僕がひとりでいくら努力したところで、こういう美意識の欠片《かけら》もない奴らのせいで、結局は水の泡なんだけどね」

「確かに、センスのない人が多いのよね、このマンション。飾ってあったとしても、あいう安っぽいラティスに変なプランターぶら下げたりとか。陶器の置物もやたら置いてあって、なんていうか、全体的に芋っぽいのよね」

「やっぱ郊外だから仕方ないよ。こういう世界観ってのは不思議と似るもんなんだよ。蔓延《まんえん》するんだよ」

「だったらうちもそのうち、そうなるってこと？」

張美の口からこの疑問が出ると、渇幸は必ず待ち構えていたように唇を舌で湿らせた。

「結局、こういう連中は横断歩道が青になるまでひたすら待つ連中ってことなんだよ。なんとなくぼんやり生きてるから、なあなあに周りと同化しちゃうんだよ。でも、うちは違うじゃない？　ちゃんと自分達のルールで動ける、っつか」

「それもそうね。周りで、計画的に子供一人なのもうちだけだもんね」

この話はもう幾度となく繰り返されていたが、張美は昔から、同じ話を何度聞いても忘れる女であった。そんな張美が適当に納得すると、最後に渇幸が、「結局、僕らだけが自分の人生をちゃんと生きてるってことなんだよなあ」としたり顔で話を締《し》め括《くく》るのであった。

長い外廊下を歩き、渇幸はようやくエレベーターホールに辿り着いた。渇幸達の一一一二号室は十一階の中でも、最もエレベーターから離れた位置にあった。「こんなにでかいマンションなんだから、エレベーターくらい二ヵ所に分けろっつの」渇幸はいつもそう不満を漏らしたが、問題はその位置だけではなかった。百五十は超える世帯数に対し、エレベーターがたった二基しかなかったのである。

案の定、この日もエレベーターは両基とも一階で停止していた。

顔を歪めた渇幸は舌を打ち鳴らし、二基の乗降用ボタンを両方とも忌々しげに連打した。もどかしそうにエレベーターを待っている最中、住居部分からがしゃんとスチール製の門扉の音がしたので顔を向けると、パーカーを着た男子中学生が松葉杖をついて、長い共用廊下をゆっくりとこちらに向かってくるところであった。

目が合う寸前に、少年から顔を背けた渇幸は、先に到着したエレベーターに何食わぬ顔で乗り込み、そして、体を反転させるなり、「閉」ボタンを連打した。

お陰で、渇幸の乗り込んだエレベーターはスムーズに一階に到着した。エレベーターを降りた渇幸は階数表示パネルをちらっと見上げ、もう一基がまだ十一階に停止していることを確認すると、すばやい手つきで乗降用ボタンを強く押した。まだ少年が乗っていないと思われる空のエレベーターをわざわざ一階に呼び戻したのである。

自分が呼び出したエレベーターを他人に使用されることを阻止できたため、渇幸はほくほくしてその場を離れた。

そのまま左に行けば、集合ポストや宅配ボックスのある管理人が常駐するエントランス。右に行けば屋外の住人専用駐車場。渇幸は迷うことなく右に曲がり、白い塗装がところどころ剝げかけたスチールメッシュの門扉を押して駐車場に出て行った。

薄暗い空では、雲が泳ぐように流れ始めていた。風はまだそれほど強くなかったが、敷地に植えられたシラカシの匂いが濃く香り、ざわついた落ち着かない気配が辺りに漂い始めていた。渇幸は湿気た空気を肺に送り込みつつ、住人専用のごみ置き場の脇を通り抜けた。そして平置きの駐車場を過ぎ、契約料の高い屋根付きの駐車場まで来ると、にたにたと頰を緩ませながら足を止めた。視線を注いだその場所は、渇幸が愛車のために借りている月極の駐車スペースであった。

渇幸は郊外に越してくるのと同時に、天井に大型のモニターが備え付けられたボルドー色の国産ワゴン車を購入していた。通勤には週日駅まで自転車を利用していたが、専業主婦である張美が休日になると必ずどこかへ出かけたがるため、ローンを組んで購入したのである。渇幸はその自家用車で、周辺の動物園やテーマパークやキャンプ施設などに家族を乗せて赴《おもむ》いた。張美がしょっちゅう行きたがる大型ショッピングセンターは距離的には遠くないのだが、土日ともなると駐車場に入れるために長蛇の列に並ばなければならず、そういう時、家族は録画しておいたテレビ番組をモニターに流して待機した。その際、渇幸は必ずと言っていいほど、「ほら。モニター大きいのにしといてよかったろ」としつこく褒め言葉を要求し、同意を得るまで同じことを訊き続けた。

しかし今、ボルドー色の国産ワゴンはいつものように駐車されていなかった。というのも、河川の氾濫を警戒した渇幸が昨晩のうちに浸水する恐れのない張美の実家へ、渇未知とともに避難させておいたからである。

「よくこんな、いつ浸水するかわかんないところに置きっぱにするよなあ」

渇幸は銀色のシートなどがかけられた他所の車を見ながらにやにやすると、下手糞な口笛を吹き鳴らし、がに股でマンションの敷地をあとにした。

三十メートルも行かないうちに、すぐにナカムロのド派手な看板が目に入った。

ナカムロは全国的には有名ではないものの、郊外では意外と知名度のある、やや地味目の商業施設であった。スーパー、ホームセンター、家電量販店、百円均一ショップ、スポーツ用品専門店、携帯ショップなどが入っており、周囲には他に日用品などを扱う便利な店がなかったため、近隣の人間はほぼここで生活に必要なものを調達していると言ってよかった。引っ越し当初、運転免許を持っていない張美は、「もしあそこが潰れて閉店したら死活問題になるよ」と言い、前を通り掛かるたびに店が繁盛しているかを確認していたが、そのうちむしろ、あまりの人の多さにナカムロに行くたび、「この人達、他に行くとこないのかしら」と辟易した口調でぼやくようになった。それに対し、渇幸も同じように苦々しい表情を浮かべ、「ああ。全員死ぬほど暇なんだろう」と相槌を打った。

しかし、この日はいつもと様子が違った。

普段なら休日のこの時間帯であれば、屋上も含め、満車であってもおかしくないはずの駐車場はガラガラに空いていた。不思議に思い近づいて行くと、公道から駐車場に至る入り口が二つのカラーコーンで塞がれており、そこに渡されたバーに「本日、台風のため、臨時休業します」という案内が掛かっていた。それを見た途端、渇幸は、

「わっ。忘れてたっ。何が臨時だ。こういう時こそ死ぬ気で店開けなきゃ駄目だろうっ。ふざけるんじゃないよ。ナカムロのくせにっ」

と吐き捨てると、カラーコーンを蹴り飛ばし、きれいに舗装された遊歩道の方へと踵《きびす》を返した。

十五分かけて到着した、最寄りのコンビニの入り口には「本日の営業時間は午後三時まで」という張り紙が留められていた。

渇幸はいつもの習慣で自動ドアを抜けるなりオレンジ色のプラスチックカゴを手に

取ったが、パンやシリアルなどが置かれているコーナーに始まり、ティッシュや洗剤などの日用品、酒のつまみ、猫の餌や缶詰などのコーナーに至るまで、すべての棚がまるで店じまいしたあとのようにガラ空きの状態になっていた。

だというのに、渇幸は乾いたビニールのような匂いがする店内を、鼻の穴を膨らませ、踏ん反り返るようにしつつ歩き始めた。後ろ手を組み、選民的かつ優越的かつサディスティックな眼差しで、プラスチックプレートに記載された商品名に一つ一つ目を通していく。近隣の人間が手当たり次第に買い占めたのだろう。食品用ラップフィルム。ゴミ袋。割り箸。紙皿。カセットコンロ用ガスボンベ。キッチンペーパー。そのような棚は無論、何も残っていなかった。養生テープどころかガムテープすらなかったが、渇幸はやはりエゴイスティックな表情を浮かべたまま、空っぽの飲み物のショーケースの前をねちねちとした足取りで闊歩《かっぽ》した。

そんな中、足元の棚の奥に商品がひとつだけ残っているのを発見した渇幸は、すかさず腕を伸ばし、これを拾い上げた。ゼリータイプのバランス栄養食であることを確認するなり、「でもなあ。栄養食は二週間分は確保してるしなあ」と不満げに呟き、そのまま棚へ戻そうとしたが、ちょうどその時、「すいません」という切迫した女の声が耳に入った。

手を止めて振り返ると、レジ台の正面に赤ん坊を抱いた若い母親が立っていた。息を切らし気味にしているその母親は、髪の毛先を水色に染めた店員に向かって、「あの、すいません。もう食料品はなんにもないんですか？　在庫も……？」と訴えかけるような口調で尋ねていた。

店員が二言三言、応対したらしかった。それを受け、肩を落とした母親はぐずり始めた赤ん坊をあやしながら遠目にも困窮の色がわかる表情で、空の商品棚の間を未練がましく歩き始めた。

渇幸はそんな母親の姿を最近瞼が弛《たる》んできた目でじっと凝視していた。やがて母親は行く手を塞がれる形で自分を見つめている男の手に、今にも棚に戻されそうな栄養食が握られていることに気づき、足を止めた。

渇幸は母親の視線を追うように自分の手元を見下ろしてから、再び母親に顔を戻した。

母親は懇願するような眼差しで渇幸を見返していた。

渇幸は眉をハの字にし、唇をへの字に曲げた。そして腕を組み、いかにも思案するように首を傾げ、「うーん」とか「でもなあ」とぶつぶつ呟いたあと、何かを吹っ切ったように「うん。そうだよなっ」と顔をあげ、がに股でレジに向かってずんずんと歩き始めた。

会計を済ませた渇幸はレジ袋を受け取ると、店の外に堂々と出て行き、その場でゼリー飲料の飲み口を開封した。中身をぢゅるぢゅると半分ほど啜った時点で店内に目をやると、母親がまだこちらをじっと見つめていた。

「まずいなあ。こんなもの飲む連中の気がしれないわ」

そう言って容器から口を離した渇幸は、まだ残っているゼリー飲料をあっさりゴミ箱へ投入してから、何事もなかったようにマンションへちんたら歩き始めた。


「パパ、お昼できたよ」

そう張美に声をかけられ、渇幸は作業に没頭していた手を止めた。

時計を見ると、十三時を回っていた。

手を洗って食卓に着くと、ダイニングテーブルには、張美がカルチャースクールで焼いたお気に入りの角皿がランチョンマットの上に用意されていた。焼きおにぎりとあじの干物が盛り付けされ、その傍らに豚汁、大根の漬物が店で出てくる定食のように配されている。張美はそれらを真上から手早くスマートフォンで撮影すると、「とりあえず食料も節約しないとだから、あるもので適当に作ったけど、いいわよね」とエプロンを外し、自分も食卓に着いた。張美の前の涼しげなガラス製の皿には、少量のパスタサラダが盛られているだけであった。

「全然いいよ。つか言わなかったらこれがありもので作られたなんて、誰も思わないでしょ。店で出されたら千二百円は払うでしょ」

渇幸はそんなことを言いながら、香ばしい味噌の香りのする焼きおにぎりを頰張り始めた。張美はスマートフォンを操作しながら食事を始めたが、しばらくして渇幸の背後の窓ガラスにふと目をやると、「そういえば、養生は終わったの？」と口にした。ベランダの掃き出し窓にはガムテープが縦横斜めと、米の字を描くように走っていた。

「うん、まあ大体」

「大丈夫なの、ガムテープで」

「剝がす時に大変ってだけで、まあ、同じでしょ」

「そうなんだ。でも、よく考えたら、やる意味ってあったのかしら？」

「ん、どういうこと？」

渇幸は豚汁に七味をかけながら張美を見た。

「だってうちってこの家のリフォームする時、パパがどうしてもって言い張って無駄に高い強化ガラスにしたんじゃん。こんなところまで危ないものが飛んでくることもないだろうし、別にやんなくてもよかったんじゃないの」

七味を調味料置きに戻した渇幸は、パスタをフォークにくるくると絡める張美に向かって、「そういうことじゃないじゃん、これは」とややむっとした表情で言い返した。

「そうなの？」

「そうでしょ。窓が割れるとか割れないとか、そういう問題じゃないじゃん。僕はただ、何かあった時に不自由しないように最大限の努力を惜しみたくないだけなんだよ。そもそも、不断の努力によって自分の自由と権利を保持することは、国民の義務なんだよ。それなのに、そういえばさっきもニュースで、コンビニから水が一つもなくなったことをよくわからんババアのコメンテーターが嘆かわしいとか言ってたけど、五十年に一度の災害でしょ？　こんな非常事態に他人のために水を買い占めないなんて、自分の自由と権利を保持することに対して無責任なんだよ。そういう側面も見ずに、絆とか日本人の美徳とか思いやりとか言う奴こそ迷惑なんだよなあ。どうせ、そういう奴に限って対応が遅いとか助けが来ないとかぎゃあぎゃあ騒ぐに決まってんだ。ったく、かっくんがもしそういう無知で傲慢な大人になったらと思うと、僕は居た堪れないよ」

苦み走った顔付きで息を吐く渇幸を見て、張美が口を挟んだ。

「でも、これからはシェアの時代って言うじゃないの」

「ああ。そんなこと言ってるのは貧乏人だけだろう」

渇幸は口いっぱいに焼きおにぎりを頬張ると、虫唾《むしず》が走るような表情を浮かべた。

「シェアリングなんて言ってるのは貧乏人か、貧乏人に支持してもらいたがってる金持ちしかいないんだよ。つか、所詮、この世の中はセンノウ合戦だからね。センノウしたもん勝ちなんだよ。そしてセンノウされた側は一生利用され続けていくしかないんだよ。シェアシェア言って広めようとしてる奴らの目的はみんなそれだよ。そう言う奴に限って、自分は絶対裏で汚いことしてるに決まってるんだ。女買ったり、汚職したり、燃えるゴミの日に不燃物出したりさあ。だってシェアシェア言ってる奴らって全員なんか、妙に気持ち悪い顔しててんじゃん」

渇幸が傲慢に言い放つと、

「確かにパパが嫌う人って、全員なんだかんだ不祥事起こすのよねぇ」

と張美も頷いてグラスの水を口に含んだ。

「だろー？　僕はね、昔からそういう奴らの偽善や欺瞞《ぎまん》が全部わかっちゃうんだよな」

「でもさあ」

張美はふと疑問に思ったような口調で続けた。

「それじゃ、どうしてパパはマンションとかマイカーとか買ったりしてるわけ？　そういうのこそセンノウだって、こないだもネットに書いてあったわよ」

「ああ、それは」

そう言って渇幸はにやにや笑うと、勿体ぶったように豚汁を啜った。

「もちろん考え抜いて選択した答えだよ。というのもこの世の中、ある程度はセンノウされたふりをしておかなきゃ、結局、損するだけだからね。仕事を妨害されたり、奇人のレッテル貼られて白い目で見られたりとかさあ、めんどくせーじゃん。だからある程度、センノウされたように見せかけて周りに溶け込んでおいた方が、なんだかんだ得なんだよ。子供だって、いないととやかく言われてうるせーけど、とりあえず一人いれば、まあセーフっつか、いい感じの家族に見えるじゃん。犬もそうじゃん。だから、ママがそうやってネットに我が家の写真をあげてくれるのも、実はいい目眩《めくらま》しになってるんだよ」

「そう言えば、パパ、写真はよく撮るけど、ＳＮＳには一切あげないね」

その言葉を聞いて、渇幸はますます顔をひくひくとにやけさせた。

「その辺がまあ、僕が他の奴らとは絶対に同調しないと言い切れる所以《ゆえん》なんだけどね。僕が写真を撮るのは、純粋な記録のため、と決めてるんだよ。そもそも自分の感覚を誰かに共感してもらう必要もないし、承認してもらう必要もないから、写真をシェアする必要っつうものがないんだよ。でも世の中の奴らは誰かと同じでないと不安だから、ネットに写真をアップするだろ？　そうやってフォローとか拡散とか言って、同じであることを強要してくるわけじゃん。だから僕はそういう奴らが撮るような写真を決して撮らないと決めてるわけだよ。僕の写真はもっと学術的な、研究資料的なあれっつうかさあ。そもそも、写真という超個人的なものすら公開せずにいられない時点で、現代人はシェアという魔物にセンノウされてるんだよ」

そう言ってエゴイスティックに顎を撫でる渇幸を見ながら、張美が言った。

「そうだったんだ。知らなかった。でも、さっきからどうしたのよ、パパ」

「どうしたって？」

「なんで窓の方ばっかり気にしてんの？」

張美に指摘され、気持ち良さそうに自説を披露していた渇幸は、照れたようにやや声を落として答えた。

「うん。川だよ、川」

「川がどうかしたの？」

「どうもしないけど。いつ、増水するのかなと思って」

そう言うと、渇幸はまた首を捻って窓の方にちらっと視線を走らせた。

「するわけないじゃん。まだ雨も降ってないのに」

「うん。まあ、そうなんだけどね。でも何十年に一度の記録的な大雨になるんだろ、これから」

「まあ、そういう見込みだって言ってるわよね。怖いわよね」

張美は不安そうに眉を寄せた。渇幸はしばらく窓の方を見ていたが、残っていた付け合わせを一気に掻き込むと、椅子をがたがた鳴らしながら立ち上がった。

「あ、もう食べたの？」

「うん」

「ちゃんと流しに片付けてね」

「うん」

がちゃがちゃと重ねた食器を慌ただしくシンクに運んだ渇幸は、グラスの水を喉に流し込むと、「ちょっと、やること思い出したわ」とだけ言い残し、そわそわした足取りで廊下へと出て行った。

向かったのは渇幸の自室であった。

といっても、あと一年後には十歳になる渇未知に子供部屋として明け渡すことが決まっている、六畳の洋室である。この部屋は張美のこだわりで、壁から天井に至るまで、入道雲が青空に浮かんでいる壁紙に覆われていた。そこへ渇幸が壁一面に収納棚を自作したお陰で、通常ならば入りきらないほどの荷物が所狭しと収まっているのであった。

撮影機材に関連用品。シンセサイザーやＤＩＹ用の工具。学生時代から凝り性であった渇幸の私物の量は夥しかったが、生来の分類好きのお陰であらゆるものがラベリングされ、細かく整理されていた。手先の器用さを活かしてクリエイター的な職業を目指しかけたこともあったが、定期収入がある方が得と判断した渇幸は、大学卒業と同時に内定が決まっていた一般企業に就職したのである。

張美は取引先の会社で知り合った、総務課の女であった。当時からやたら人の話に相槌を打ち、気持ちよく語らせてくれる張美に対して好感を持った渇幸が交際を申し込んだのだが、その際も張美は「ああん、そうなんだ」とごく軽い感じで交際を了承した。

結婚し子供を儲ける時も、それを機に会社からは遠くなるが環境のいい郊外にマイホームの購入を決めた時も、張美は「なら、そうしましょうよ」とごく軽い感じで了承した。

専業主婦となった張美は家中のインテリアにこだわり、雑貨やキッチン用品を休日のたびに探し回って買い揃えたり、主婦向けのカルチャースクールに通ったりすることで、生活をエンジョイしているらしかった。たまにマンションのママ友を集め、ランチ会を開くこともあった。リビングに入ってすぐの飾り棚には、息子の成長を追った写真や節目節目の家族写真が、手作りのフレームに収められ、家を訪れた者の目に必ず入るように配置されていた。酒を飲んでべろべろに酔って帰宅した渇幸はよくその飾り棚を覗き込んでは、「いやあ、このご時世に、こんなちゃんとした家庭を持ってさあ、持ち家も車も仕事もあるなんて。我が家は上級だよ。上級」と自賛し、それに対し、張美も美顔ローラーでふくらはぎなどをマッサージしながら、「ほんとそうよね。こんなこと言っちゃあれだけど、周りにも婚活とか不妊治療で必死になってる人、結構多いもんね」と同意した。

自室のドアをいそいそと閉めた渇幸は、棚のポータブルラジオを手に取り、台風情報を流している局を受信すると、自分でＤＩＹした小上がりの、琉球畳風の床面に手をかけた。小上がりの床下は大容量収納スペースとなっており、渇幸はその中からオレンジ色と鮮やかなブルーのリュックを引っ張り出すと、中身を一つずつ取り出し始めた。五年保存水。軍手。食品加熱袋。アルミブランケット。水のいらないシャンプー。ロープ。防災士が監修したという三十点避難セットに、渇幸がさらに徹底的にアレンジを加え、三十七点セットに改良したものである。

三十七点すべてを畳の上に並べた渇幸は、「うーん」と言いながら、悩ましげに腕を組んだ。

「どうせなら、もっと完璧な形を目指したいんだよなあ」

小上がりの端に尻を乗せて矯《た》めつ眇《すが》めつし、ああでもないこうでもないとぶつぶつ独言していた渇幸は、何かを思いついた様子で部屋を出て行き、すぐにバナナを一本手にして戻って来た。始めから荷物を詰め直し、バナナをいちばん上に入れた渇幸はそれを背負うと、「うわっ。駄目だわ。重すぎるわ」と吐き捨てて、またすべてを畳に並べ始めた。苦心している渇幸の背後のドアがいつのまにか開き、廊下からじっと見つめる視線があった。張美であった。

「何やってんの、さっきから」

「わ！　なんだよ、もう。ノックくらいしなさいよ」

「したでしょ、何度も」

そう言って、張美は小上がりに冷然とした視線を注いだ。

「っていうかパパ、もしかしてまたやってんの？」

呆れ返る妻に、渇幸はややムキになりながら、「いつ避難勧告が出るかわかんないんだから最終確認だよ」と言い返した。

「うちはそんなの関係ないって言ってたじゃないの。そんな暇あったら、こっち手伝ってよ。やること山ほどある」

「そういうのはかっくんに頼めばいいだろう」

「昨日、実家に預けたじゃない」

「あっ、そうか」

「っていうか、もうしばらくは頼めないよ。疲れるから、そんなにしょっちゅう預けるなって怒られたもん」

張美が愚痴ると、渇幸はしたり顔で、

「それはあれだよ。お義母さんは自分がどんなに暇を持て余した人間かってことを自覚してないいんだよ。あの歳で独り身なんだから、人生虚しいはずだよ。空疎なはずだよ。実際、渇末知を預けなくなったら、向こうから泣いて頼んで来るんじゃないの」

と並べ立てたが、張美は渇幸の話など聞いていないかのように小上がりを見下ろしたまま、「避難所で使うものでしょ。最低限あればいいじゃない」と言った。

これに対し、渇幸はいつもの狒々のような表情でまたも口を尖らせて言い返した。

「何言ってんだよ。僕はね、たとえ避難所生活だとしても、クオリティを一切落とさないで自宅同然に快適に過ごしたいんだよ」

「そんなこと無理に決まってんじゃん」

「無理かどうかはやってみないとわからないじゃん。つか、家族のストレスを極限まで軽減させるために、僕は不断の努力を続けてるんだよ。感謝されたいくらいだよ」

「そうなんだ。でも、」

「でもなんだよ」

「そこまでやってると、もう楽しんでるようにしか見えない」

張美の言葉に、渇幸はぐっと言葉を詰まらせた。小上がりに腰掛けた渇幸の周りには、バナナやホイッスルやレジャーシートなどがごちゃごちゃと散乱していた。渇幸はひときわ厳格な顔を作ると、その散乱したものをひとつひとつじっくりと見下ろしながら黙り込んだ。何かをごまかそうとする際の、渇幸の昔からの癖であった。やがて渇幸は声を落とし、重々しい口調で言った。

「でも、これは、そういうことじゃないだろう」

「違うの？」

「どう見ても、違うじゃん」

「そうなんだ」

厳然とした表情をキープしながらリュックを再点検し始めた渇幸を見て、張美は部屋を出て行こうとしたが、ふと思い出したように足を止め、「そういえば、パパ」と振り返った。

「なに？」

「教えろって言ってたでしょ。降ってきたみたいよ、雨」

少し見ぬ間に、分厚い雨雲が空を隙間なく覆い尽くしていた。

ベランダの窓ガラスに付着した雨粒を目で追っていた渇幸は、時折、「わっ。うわっ」と意味不明な声をあげるなどしながら、そわそわと落ち着きなくダイニングテーブルの周辺を歩き回っていた。キッチンで鍋に水を張っていた張美が、リビングで付けっ放しになっているテレビに目を向けつつ言った。

「パパ、いい加減にテレビ消してよ。どうせ朝から似たようなニュースしかやってないんだから」

その言葉に、渇幸は足を止めて言い返した。

「ママさあ、それはちょっと危機感薄すぎじゃないの。戦後最大の記録的な大雨になるかもって言われてんのよ？　わかってんの？」

「でも、パパがそうしてたって何も変わらないじゃん。そもそもパパって、さっきからそこで何してんの」

「え。僕？　僕は決まってんじゃん。川が増水して氾濫しないか見張ってるんだよ」

そう言って渇幸はベランダの方へ近づいていくと、再び窓ガラスに額を密着させた。

「そんなの、パパが見張らなくても、最新のコンピューターが管理してくれてるから大丈夫に決まってるでしょ。こないだうちの市、四千万円かけて排水システムを導入したって話題になってたじゃないの」

張美が呆れて言うと、渇幸は「知ってるけど」と不服げな表情で振り返った。

「だからって、そんな盲目的に最新技術を過信するっつうのはどうなのかなあ。上の連中が考えることなんてろくなことじゃないんだよ。これまでの惨事だって原因を探ってくと、大抵システムエラー、機械のトラブルとかなんだよ。シミュレーション不足とか、バックアップシステムが作動しない、とかさあ。それにその四千万だって僕らの税金だろう。つうことは結局、世の中、全部政治なんだよっ。癒着なんだよっ。そんな連中が大丈夫って言ってるシステムなんて信用できるわけないだろうっ」

渇幸はそう言い放つと、二重窓を手荒く開けた。

「やだ！　パパ、雨入るから閉めてよ！」

そう叫ぶ張美を無視し、ベランダ履きのサンダルに足を入れた渇幸は、普段ならこじゃれた屋外用チェアが置かれて喫煙スペースとなっている場所に立つと、河川の方へじっと目を凝らした。

やはり、ここからでは雨で霞んだ景色がぼんやりと見えるだけであった。いてもたってもいられなくなった渇幸は家の中に戻り、そのまま廊下へと出て行った。コート掛けの雨合羽にこっそり腕を通しているところへ、渇幸の不審な動きに気づいた張美が追って来て、ぎょっとした口調で尋ねた。

「まさかパパ、川、見に行くつもりじゃないわよね？」

「え、川？　なんでだよ。そんなとこ行くわけないだろう」

渇幸は合羽のファスナーを閉めながら何食わぬ顔で答えた。

「ねえ。こういう災害の時にさあ、毎回、必ず川に流された人のニュースやってるじゃん。大体、パパみたいな人なのよ。絶対見に行くなって言われてんのに、パパみたいな人が必ずふらふら見に行って流されてんだよ」

「だから川じゃないって」

「じゃあどこ行くの？」

そう問われて、渇幸はまごつきながら説明した。

「どこって、ゴローの散歩だよ。さっき一回しかトイレしなかったから、今のうちにさせた方がいいかな、と思って」

張美は渇幸の言葉をまだ疑っているようだったが、諦めたのか「じゃあ、支度するわね」と低い声で言うと、ゴローにリードを装着し、犬用の合羽を着せ始めた。

「絶対にトイレ一回させたら戻って来てよ」

渇幸が聞こえなかったふりをして玄関ドアを開けた途端、勢いよく吹き込んだ風によって、下駄箱の上のコルクボードに留められていた家族写真が捲れ上がった。夏に河川敷でバーベキューをした際に撮影したもので、ゴローを抱いた渇幸と張美が息子の渇未知と共に串に刺した肉を持って満面の笑みを浮かべている一枚であった。家族の、幸福の象徴のような写真が、悪天候の中わざわざ出掛けて行く渇幸の傍らで、風に弄ばれるようにぱたぱたと翻《ひるがえ》っていた。


駐車場のアスファルトの僅かな窪みにできた水溜まりが、あちこちでひとつに繫がり始めていた。

ナカムロで購入した藍色の合羽の上下を着込んだ渇幸はフードをすっぽり被り、目元だけを晒《さら》した状態でマンションの敷地を足早に出た。少しサイズが大きいせいでがぼがぼと生き物のように鳴く長靴の傍らを、オレンジ色の雨合羽を着せられ、首から点滅するライトをぶら下げたゴローが水溜まりを避けながらちょこまかと付いて来ていた。

河川沿いに到着した渇幸は「よし」と呟くと、濡れた野草に覆われた斜面ではなく、舗装された緩やかな小径から土手に上った。ゴローをリードで引っ張り上げている最中から、激しい川音が背後からどうどうと耳に届いていた。さきほどよりも水嵩《みずかさ》がかなり増しているようであった。

土手を降りた先には、石が転がる河川敷が緩やかに続いているのだが、既にその三分の一ほどが水に浸り、川幅が大きく広がっていた。速い流れを確かめた渇幸は、合羽の首元から防水ケースを装着したスマートフォンを取り出すと、カメラを起動し、その光景にシャッターを切り始めた。かなりの枚数を収めたところで一息吐き、渇幸はマンションの方へ体を向け、そして、手から伸縮リードがなくなっていることに初めて気がついた。

「あれ、ゴロー？」

周囲を見回してみたが、ゴローの姿はどこにもなかった。顔にやや焦りの表情を浮かべた渇幸は河川敷を覗き込み、土手を挟んだ車道に目を走らせ、それから川の下流に向かって小走りに足を動かし始めた。

「ゴロー？　……ゴローー！」

ゴローは結婚して間もない頃、昔から茶色くて円《つぶ》らな瞳のものが好きだったという張美に押し切られる形で飼い始めた犬だったが、すぐに張美の妊娠が判明し、いつのまにか餌以外のほとんどの世話を渇幸が担当するようになっていた。自分に従順でよく懐く、という理由で、渇幸はゴローを可愛がり、そうするとゴローがさらに懐いたので、渇幸もさらに可愛がり、そうするとゴローがますます懐くもんだから、渇幸もますます可愛がらずにいられない、という関係であった。

茜色に染まった夕暮れの土手を、ゴローを傍らに従えて散歩する際、渇幸は穏やかな瀬音や近所の中学校から響いてくる野球部の掛け声などを聞きながら、「何もかもがうまくいってるなあ、ゴロー」と満足げに語りかけることがあった。しかし、今の渇幸の顔からはそんな余裕が完全に失われていた。その顔は見えない強圧を加えられているかのように歪んでいた。ゴローの死が頭をよぎった渇幸は、自分の人生がこれで完璧な状態から遠ざかるという事態を想像し、強大なストレスに襲われていたのである。

「ゴロー！　ゴロー！」

もはや半分憤怒の表情を浮かべながら叫んでいた渇幸の耳に、川音に交じってキャンキャンと聞き覚えのある鳴き声が微かに届いた。見開いた目を辺りに向けた渇幸は、河原の方で、何かに向かってしきりに吠えているゴローの姿を発見した。

「ゴロー！　そんなとこにいたのかっ」

渇幸は堤防を被覆しているコンクリート護岸を転ばないように降りながら愛犬の名を呼んだ。その間も、ゴローは水際から少し離れたところで尾をぴんと立てたまま、川の中央に向かって吠え立てていた。

濡れてドロドロになったリードを拾い上げた渇幸は、「もうっ。勝手にどっか行っちゃ駄目じゃんっ」とゴローを抱きかかえようとしたが、ゴローはその手を避けるように体を捻り、一層激しく鳴き声をあげた。

「どうした、ゴロー」

そう言って、犬の見ている方向にようやく目を凝らした渇幸は、「あっ」と口の中で小さく呟いた。

川の中流に、今にも濁った流れに飲み込まれそうな岩が小島のように孤立していた。そして、その岩の少し窪んだところに、何か濡れた生き物がぴいぴいと鳴いて取り残されていたのである。


渇幸が、そのぴいぴい鳴くものがコガモではないかと思ったのは、去年だかの夕食後にリビングで寛いでいた際、張美の好きな動物番組で、カルガモ親子を追跡するドキュメンタリーを観た記憶が蘇ったからであった。

カルガモのお引越し。親鳥がまだヨチヨチ歩きの雛達を連れて行進する姿を、近隣の住人がにこやかに見送り、時には手旗を持った人間が自動車を停止させてまで車道を横断させ、川に送り届ける、お馴染みのあの光景。

ソファでビールを飲んでいた渇幸は、「おーい、ママ。ママの好きそうなやつ、始まる」と声をかけ、皿を洗い終えた張美も、「えー、ほんと？　観たい観たい」とエプロンで手を拭きながら、テレビ前のローテーブルでデザートのプリンを食べていた渇未知の隣に腰を下ろした。

初めこそ、にこにことカルガモ親子の大冒険を観ていた張美だったが、六羽いたコガモが行進からはぐれて行方不明になったり、カラスや猫に襲われ、段々と減って行くにつれ、「ああもう」とか「何やってんの。ひとでなしっ」などと渇未知と一緒になって、傍観するカメラマンに憤りを露わにし始めた。ソファにだらしなくもたれていた渇幸は、唐辛子を効かせた醤油味の乾き物を摘みながら口を挟んだ。

「いやいや。でもほら、テロップにも『専門家の指示に従い、生態系を乱さぬように撮影しています』って書いてあるじゃん。残酷でも、これが自然のありのままの姿なんだよ」

「でも人間がこうしてカメラに撮ってる時点で不自然なんだから、助けてあげればいいじゃない。わざわざ見殺しにする必要なんてある？」

「この六羽だけ助けたって、それこそ意味ないだろう。つか、僕らがこうして安全な場所でお腹いっぱいになって生きてること自体、そもそもいろんなものを見殺しにしてる証拠に他ならないんだよ。僕達にこのコガモを見殺しにした人間を責める権利なんてないんだよ」

「じゃあパパは、この子達が死んでいくのを見ても、なんとも思わないの？」

渇未知の肩を抱きながら目に涙を溜めた張美に向かって、渇幸はげっぷをしながら答えた。

「もちろん、可哀想だなあとは思うよ。でも僕が可哀想と思ったところで、ゲンジツは何も変わらないんだよ。このコガモは死ぬし、たとえこの子達を助けられたとしても、その瞬間、まったく別のところで数えきれないほどの別の生き物達が命を奪われてるんだよ。なら、僕がこのコガモに今、何を思ったたって意味ないじゃん。つか、このゲンジツから目を逸らすことこそ、いちばんの欺瞞じゃん」

張美は酔いが回った渇幸の言葉をテレビを観ながら聞いていたが、ふと小首を傾げると、「パパって、もし私とかっくんが川で溺れたら、助けてくれんの？」と唐突に訊いた。

「え、なんだよ、いきなり。助けるに決まってるでしょ」

渇幸は笑いながらビールを飲んだが、張美は「でも、それだとさっきの話と違わない？　同時に数えきれない命が奪われてるんじゃなかったの」と腑に落ちない様子で食い下がった。

「うん。そうだけど、家族は別じゃん」

「なんで」

「なんでって、もしママとかっくんが死んじゃったら、僕が全体的に損してる感じになるじゃない。僕は嫌だわ。そんなの居た堪れないわ。僕は常に、不足のない万全な状態でありたいんだよ」

渇幸がそう説明すると、それまで黙って二人のやりとりを聞いていた渇未知がソファの方を振り返って言った。

「じゃあ、このコガモは、パパに関係ないから助けないってこと？」

渇未知の背後から、張美が渇幸の言動をじっと観察していた。渇幸は咳払いすると、緩み切っていた顔を厳めしく引き締めて言った。

「いいか、渇未知、よく聞きなさい。学校では習ってないかもしれないけど、自分の自由と権利を守ることは国民としての義務なんだよ。誰もおおっぴらには言わないけど、他の人を助ける余裕がない時は、自分の都合を優先させていいことになってるんだ。でもみんな、自分がヤな奴だと思われたくないから隠してんじゃん。パパはそんな奴らこそ汚いと思うわ。冷静に判断して、自分の都合を合理的に優先できる人間こそ、パパは人として嘘のない、むしろ信頼できる人間だと思うわ。渇未知だって、そんなかっこいい大人になりたいって思うだろ？」

渇未知はテレビと父親を交互に見て答えた。

「でも僕はコガモを助けてあげたい」

「ああ、でもそうは言ってもね、人間っつうのは結局は利己的な生き物なんだよ。ゲンジツと理想は別なんだよ。その場になったら自分が自分を裏切る、つかさあ。だから、いざそうなった時に矛盾がないようにパパは日頃から……」

と言いかけて、隣で張美が睨んでいることに気づいた渇幸はわざとらしく咳払いをすると、

「この話はいいからさっさと風呂に入りなさい、渇未知。遅くまでテレビなんか観てるんじゃないよ、ったく。明日も学校だろっ」

と唐突に話を終わらせ、渇未知を強引に風呂場へと追いやった。渇幸がトイレから戻ると、張美が別のチャンネルのクイズ番組を観ながら声をあげて笑っていた。

「あれ、ママ。コガモの続きは。もういいの？」

「え、コガモ？　うん、もういい。終わったから」

張美はそう答えて、目尻に浮かべていた涙をあっさりと指で拭った。


川中の小島に取り残された一羽のコガモは、雨に濡れ、衰弱しきっているようであった。

渇幸はゴローと共に岸からその様子を眺めていたが、やがて思い出したようにスマートフォンを取り出すと、黙々とシャッターを切り、コガモが濁流に飲み込まれる瞬間を執拗に狙い続けた。しかし意外と時間がかかりそうだと判断するや、「まあ、これくらいでいいだろう」と呟いて、踵を返して土手の方へ向かい始めた。

ゴローが抵抗するように石の上に尻をつき、座り込んだ。渇幸はリードを引っ張ったが、ゴローは動こうとしなかった。そんなゴローに対し、渇幸は「こらっ」とか「いい

加減にしなさいっ」などと叱っていたが、ほどなく業《ごう》を煮やして舌打ちし、近くに落ちていた濡れた小枝を拾い上げると、ゴローの尻を軽く打ち据えた。ゴローは耳を後ろに倒してきゅんきゅんと鼻を鳴らしたが、渇幸は力を緩めることなく、ぴしっ、ぐいっ、ぐいっ、ぴしっと、さらに続けながらリードを巻き取った。

そうこうするうち、ついにゴローが尻をあげた。渇幸は勝ち誇ったように「つか、犬のくせにさからうんじゃないよ」と言い放つと、今度こそがに股でコンクリート護岸を上り始めた。

そんな渇幸達の背後で、コガモはまだぴいぴいと鳴き声をあげていた。最後の力を振り絞るようなその声は、しかし、すぐに水音に掻き消されて聞こえなくなった。

川から戻った渇幸がリビングでごろごろしながら今撮って来たばかりの写真を選定し、アルバムに追加していると、廊下で誰かとずっと電話していた張美に「パパ」と声をかけられた。コガモの写真をいそいそ保存した渇幸は、「なに」と言いながら顔をあげた。

「ちょっと相談があるんだけど」

エプロン姿の張美はそこまで言うと、キッチンに移動してフライパンを火にかけ直した。長電話の間に、調理の途中だった作り置き用のきんぴられんこんがすっかり冷えたらしく、張美は「ああもう」と小さくぼやいてから続けた。

「雨、さっきからどんどん強くなってるじゃない？」

ちらっと窓の外を一瞥した渇幸は「うん」と言いながら、ローテーブルに置かれた鶏ハムに箸を伸ばした。ついさっきタッパーに入りきらなかったからと小皿に出された、塩麹に漬けた柔らかい鶏ハムをくちゃくちゃと噛んでいると、張美が言った。

「なんか、番場さんとこの奥さんが、台風のニュース見て、すごい不安になってるんだって」

「番場さんって、あの一階に住んでる？」

「そうそうそう。うちにも一度だけ遊びに来たことあるわよ。三兄弟の」

「はいはい。あの大家族ね。へえ、奥さん、怖がってんの？　そんな感じの人には見えなかったけどなあ」

「何言ってんの。あの人、ああ見えて病的に心配性で有名なのよ」

「へぇ」

張美は菜箸できんぴられんこんを炒めながら「そうよ」と強調した。ぱちぱちと弾けるごま油と醬油の香りが部屋に充満していることに気づいた張美は、換気扇を強めてから、「でね」と続けた。

「番場さん達、そろそろ避難したいんだって」

「避難？　へえ、もう小学校って開放してんの」

渇幸はテレビのリモコンをいじりながら気のない様子で相槌を打った。

「開放してるかはわかんないけど……。とにかく、そこじゃ不安なんだって」

「不安って何が」

再放送のドラマを流している局以外、テレビはどこも台風情報一色であった。渇幸はテレビ画面に目を向けたまま、新しい鶏ハムに箸を伸ばした。

「まあよく知らないけど、いろいろあるんじゃない？　あそこ、ほら、おばあちゃんが高齢だし。だからできれば、うちに避難させてほしいらしいのよ」

張美はそう言って、さりげなく「いいわよね？」と付け加えた。渇幸は小皿に戻しかけていた箸を止め、目を開いてキッチンの方を振り返った。

「……は？　うち？　うちって、我が家にってこと？」

「うん」

「いやいやっ、おかしいだろ。え、なんでそうなるんだよっ？」

「私もそう言ったけど。でも他の家はみんな子供二人以上いるし、うちがいちばんいいんじゃないかって……」

「関係ないだろうっ。つか、誰がそんな勝手なこと言ってんだよっ」

「ママ達みんなよ」

張美は少し苛立ち始めながら答えた。

「はっきりとは言わないけど、うちが最上階だから番場さんも安心するだろうって流れになってるのよ。パパがいつも最上階のこと、さりげなく自慢するからでしょ？　それにみんな、パパがナカムロでいろいろ買い占めてることまで知ってるから、あんなに備蓄があるなら安心ねって話になるのよ。断れるわけないじゃないの」

「いやいやいや。だからって、なんでうちがバンバの面倒なんかみなきゃなんねえんだよ。つか、一階に住んでるのはそいつらの自業自得だろっ？　マンション購入した時点で、こういうことになるのは初めっからわかってたことじゃんっ。うちは今日みたいな日も予め全部想定して、三百六十万も上乗せしたんだよっ」

唾を撒き散らしながら罵《ののし》る渇幸に、張美も「ほんとそうよね」と息を吐きながら、きんぴられんこんをホーロー製のタッパーに移し替えた。渇幸は箸を握りしめたまま、なおも憤慨した口調で続けた。

「そんな奴ら、なんか適当なこと言って、小学校に追い払えばいいんだよっ」

「うん、でも……」

「でもなんだよ？」

「もう、来ていいわよって言っちゃったのよね」

さらに目を大きくして何か言いかけた渇幸より先に、張美が口を開いた。

「しょうがないわよ。だって渇未知の小学校のお友達だもん。ここで断ったら感じ悪いじゃないの。それに番場さんのところ、ウサギ飼ってるらしいのよ。小学校はペット連れてくの禁止されてるから、どうしてもこのマンション離れたくないんだって」

「んなこと知るかっ！」

「ちょっとパパ、おっきい声出さないでよ」

張美は眉を寄せると、シンクの蛇口のセンサーに手を翳しながら言った。

「大丈夫よ。別にまだ来るって決まったわけじゃないんだから。もし川が危険水位に達して避難勧告が出たら、の話でしょ」

立ち上がって何かを言いかけた渇幸に、「そもそもパパがナカムロで買い占めたりするから、こんなことになったんじゃないの」と張美はぴしゃりと言い捨てると、むっつり黙り込んでフライパンを洗い始めた。

渇幸は頭を掻き毟って座り込みながら「ああもう」「意味わかんねーよ」などと吐き捨てていたが、そのうち、何か重大なことに気づいたように顔をあげると、ばたばたと自室へ駆け込んでいった。


渇幸は小上がりに置いていた防災リュックの中から五年保存水、缶詰ソフトパン、α米や羊羹などを次々と取り出し始めた。それらを両手いっぱいに抱えると、きょろきょろと部屋中を見回し、ＤＩＹで余った金具などをストックしている大きめのプラスチックケースに目を留めた。その中に保存食を無理やり押し込んだ渇幸は、蓋に付いた両サイドのロックをしっかり下ろしてから、キーボード型のシンセサイザーなどが置かれている壁面収納のいちばん上の段に移動させた。

張美が廊下から顔を覗かせた。

「今度は何してんの？」

脚立から降りた渇幸は無言のまま、ドアの前に立つ張美を押しのけるようにしてリビングへと戻った。対面式キッチンにずかずか入った渇幸は、冷蔵庫の天板に載せてあった袋入り乾麺やビスケット缶などを焦《じ》れったそうな手つきで下ろし始めた。張美が不気味なものを見る目つきで、また声をかけた。

「パパ。さっきから何してるのってば」

「決まってるだろう」

頭上の棚を順に開け、空きスペースがないかくまなく確認していきながら渇幸は煩わしそうに答えた。

「一階の奴らが来る前に、ウチの保存食、全部隠しておくんだよ。こんな直前になってぎゃあぎゃあ騒ぐような連中、どうせなんの準備もしてないに決まってんだ。そんな奴らに、なんで僕の大事な備蓄をシェアしなきゃなんねぇんだよ。おかしいだろうっ。なんの犠牲も払ってない人間は、自己責任で生コンでも食ってろっつうんだっ」

乾麺五袋入りのパックを両手で抱えた渇幸はそう捲《まく》し立てると、険しい目つきでリビングを見回した。

「そこまでしなくてもいいわよ」

「なんでだよ」

「なんでって、別に何も取られないわよ」

張美が呆れて言うと、

「いーやいやいや、ママ、それはあんまりにもわかってなさすぎだわ。というのも、あいつらが帰った後、うちからいろんなものがなくなるに決まってるからなんだよ。通帳とか、印鑑とか、あと財布の中の千円とか一万円とかさあ。でも、もしそうなった場合でも、誰も僕ら夫婦には同情しないんだよ。そりゃそうだろう。一階の連中を信用して家にあげた、こっちの責任だからね。僕はそういうご近所さんとの余計なトラブルを避けるためにも、こうやって今、不断の努力をしてるんだよ。感謝されたいくらいだよ。いつか、あとで金庫にしまうから、ママも自分の大事なもの、ちゃんと入れなさいよ。あ、かっくんの貯金箱もね」

渇幸は目を剝きながらそう指示したが、張美はすでにキッチンに戻り、別の常備菜を作り始めていた。ゴローもソファ下で丸まって眠っていた。渇幸は地団駄《じだんだ》を踏むように、「んだよ、もー」と体を悶えさせ憤ったが、その表情は実に浅ましく、見るに耐えないものであった。張美とゴローに無視されたお陰で、渇幸はそんな醜状を誰にも晒さずに済んだのである。


午後五時過ぎ。

渇幸はソファ前に敷かれたペパーミントグリーンの円形のラグに寝転がっていた。一度は乾麵を個包装の状態に分け、ソファと床の隙間にまで隠そうとしていたが、自室に鍵をかければ済むのでは、と張美に白けた口調で指摘され、家中の保存食や貴重品、日用品の予備、ゴローの餌などを自室に運び込んだのであった。洋室は中からしか鍵がかけられない構造になっていたが、渇幸はノブの下部の凹みに十円玉を差し込んで回すという裏技で、廊下側から施錠することに成功していた。

一方、張美は同じマンションのママ達に呼び出され、小一時間ほど前から家を空けていた。

付けっ放しのテレビのニュースの声を妨害するように、ベランダの方では暴風雨ががたがたと窓を揺すり続けていた。超大型台風はもどかしいほどののろのろした速度で、東海地方から関東に移動しているとのことであった。記録的な大雨がすでにあちこちで報告され始めており、土砂災害警戒情報も次々と気象庁から発表されていた。

傍らに体を丸めて蹲《うずくま》ったゴローをひとしきり撫でてから、渇幸はラグの上で「うーん」と短い手足を四方に思いきり伸ばした。

「とりあえず、やれることはやったなあ」

渇幸は大きな独り言を呟くと、好物の博多うどんを腹いっぱい食したあとのような満足げな息を鼻から漏らした。

「結局さあ、物事をきちんと大局でみてるのは僕だけなんだよなあ。ママは所詮、女だからわかんないんだよ。みんなに好かれようとする性分が、骨の髄まで染みついちゃってるっつか。バンバみたいな連中に優しくしたって生態系が乱れるだけだっつうのになあ。自分より弱いものを助けたってしょうがないんだよ。なんの得もないんだよ。あ、そういえばあのコガモ。どうなったかなあ、ゴロー」

渇幸は思い出したようにそう呟くと、むくりとラグから体を起こしてベランダの方へ移動した。雨粒が次々に合流して流れ落ち続ける窓ガラスに、額をくっつけるようにして外の暗闇に目を凝らすと、川の対岸の辺りに遠く光がぼやけて連なっていた。それ以外は、生コン工場に備え付けられたオレンジ色のランプがいくつか点灯しているだけで、視界の大半が判然としなかった。

「まあ、さすがにもう濁流に飲み込まれただろうな」

渇幸は揺れる窓に向かって自答すると、さきほど保存したばかりのコガモの写真をもう一度、スマートフォンで確認した。そのまま「忘れないうちにやっとくか」と言いながら自室へ向かった渇幸は、ノートパソコンにスマートフォンの写真を共有し、さらにUSBメモリにそのデータをコピーしていった。

USBメモリには〈NO.12〉と書かれたシールが貼られていた。

渇幸は鍵付きの作業机の引き出しを開けると、そのUSBを小さなアルミ缶の中にしまい込んだ。蓋に〈マイ・コレクション〉とマジックで書かれたアルミ缶の中身は、渇幸が学生時代から溜めこんだ大量の災害関係の写真が保存されたUSBであった。

トイレで用を足し、水を流して廊下に出たところで、渇幸はちょうど帰ってきた張美とばったり鉢合わせた。

「遅かったじゃん」

眉間に深い皺を刻んだ張美は靴を脱ぎ、渇幸の脇を無言のまま擦り抜けた。渇幸が玄関先で尾を振っていたゴローを連れてリビングへ戻ると、上着を脱いだ張美は電気ケトルのスイッチを入れているところであった。しばらくして、張美はようやく疲れ切った表情で口を開いた。

「……パパの言う通りだった」

「え、何の話？」

渇幸は訊き返した。

「バンバのことよ。全然話が通じない。やっぱりまともじゃないわよ、あの奥さん」

「あっ。なんだ。バンバと話してきたのか。で？　ちゃんとうちは無理ですってはっきり断ったんだろ？」

確認する渇幸に、張美は苛々した様子で声を尖らせた。

「無理ですなんて、他のママ達の前で感じ悪くて言えるわけないじゃん。でも普通、こんなふうに濁されたら迷惑なんだろうなあってわかる程度にはちゃんと話したわよ」

「え、何だよ、それ。どんなふうに話したんだよ？」

渇幸が問い詰めようとした直後、食卓に置いてあった手提げバッグの中から着信音が鳴り響いた。張美はげんなりした表情でスマートフォンの画面に目を走らせると、「ああもう」と呟き、渇幸に背中を向けた。次の瞬間、誰かと会話を始めた張美の口調は完全に別人のものであった。

「あ、もしもし、奥さんっ？　今？　そうそうそう。ちょうど帰ってきたとこ。ううん、いいのいいの。今、パパにも、ちょうど話したとこだから。うん。そうそうそうそう。いいんだよ、気にしなくて。困った時はお互い様だもん」

足元に擦り寄ってきたゴローを抱え上げた渇幸は、潑剌《はつらつ》とした笑い声をあげる張美を、背後から無言で見つめた。

「えー？　ほんとに遠慮しなくていいんだってば。そうだっ。なんなら、夕食もうちで食べちゃう？　うん、ちょうどカレーかなんか作っちゃおうかなとか思ってたとこだったし。え？　いいよいいよ。こういうのって大勢で食べた方がおいしいじゃん。もうこうなったら避難指示が出なくても、うちに来ちゃえばいいわよね。え？　うんうん、ああ、準備してるのね。はいはい、じゃあ。またあとで。待ってるからね。はーい」

通話を終えて振り返った張美の顔は、完全な無表情であった。座りながらスマートフォンを食卓に投げ捨てるなり、「ああ、もう最悪」と反吐《へど》でも吐くように呟いた張美を見下ろしていた渇幸はゴローを抱いたまま、「ママ。今のってバンバ？」と尋ねた。

張美が顔をあげて言った。

「ねえ、パパ、どうしよう、あの人達、本気でうちに来る気みたい。もう荷物もまとめて玄関先に準備してあるとか言ってたし。話が全然通じないのよ」

「どうしようって、だって自分から夕食に誘ってたじゃん」

渇幸に指摘されると、張美は心底心外だという顔をして言い返した。

「パパ。だって、あれは違うじゃん」

「違うって？」

「あれは、だって、ああ言うしかないじゃないの。あんなの本心じゃないって誰でもわかるじゃない。真に受ける方がどうかしてるでしょ」

「えっ。でもあそこまで言われたら、さすがに本気にするんじゃないかなあ」

渇幸がうっかりそう口にすると、張美のこめかみに筋が浮き、顔がみるみる強張り始めた。苛立ちの矛先が音を立てて自分に向いたのを察した渇幸は、慌てて首を振って訂正した。

「あ、違う違う。僕が言いたいのはママが八方美人だとか、そういうことじゃなくてね。つまり世の中には言葉を真に受けることしかできない連中がいるよねって話でね、」

とそこまで言葉を並べた渇幸は、唐突に顔をくしゃくしゃと歪めると、

「ああもうっ、つか、なんで一階の連中のことで我が家がこんなふうにギスギスしなきゃならんのよ？　僕らはついさっきまで何の問題もない、ハピネスな仲良し夫婦だったじゃんっ。結局あれなんだよっ。僕らみたいに人の気持ちを推し量ることができる繊細な人間は、バンバみたいに起きて飯食って糞して寝るだけの粗雑な連中に、一生不快な思いをさせられ続けるってことなんだよ」

「ほんとそうよね」

張美も険しい顔のまま深々と頷いた。不機嫌の矛先が逸れたことに安堵した渇幸は、ゴローを床に下ろし、さらに語勢を荒らげた。

「かと言ってさあ、じゃあ今ここで我が家が、奴らの受け入れを断ったらどうなると思う？　こっちは正当な主張をしただけなのに、マンションの住人は僕らに薄情だの、ひとでなしだの好き放題レッテル貼って、袋叩きにしてストレス発散するに決まってんだよ」

「ただでさえパパが買い占めたことが、悪い噂になってるもんね」

「でもさあ、それだって別に僕は違法なことは何ひとつしてないじゃない？　毎日足繁《あししげ》くナカムロに通って、誰よりも高い防災意識を持って商品購入をしただけなわけじゃん。そんな真面目で善良な国民が、大多数のストレス発散のために弄ばれるのが、今の世の中なんだよっ。今のジャパンの歪んだ社会なんだよっ」

張美は椅子から立ち上がりながら「なんでそんな世の中になったのかしらね」と相槌を打って、茶葉を入れた急須にお湯を注ぎ始めた。

「ああ、結局、どいつもこいつも暇で仕方ないからだろう。ああいう連中にとっちゃ、この災害もクリスマスとかハロウィンと同じなんだよ。奴らにとっちゃ被災地にボランティアに行くのも、テーマパークに行くのも変わらないんだ。要するに、そういうイベントに飢えた奴らがシェアシェア言ってる奴らの正体なんだよ」

興奮した渇幸の話を、張美はお取り寄せした深蒸し茶を飲みながら、興味があるのかないのか判然としない調子で頬杖をついて聞いていた。

やがて苦々しい表情で窓際に立った渇幸は、弛んだ瞼で川の方を見下ろしつつ、

「いっそ今日の大雨で川が氾濫して、そういう奴らが酷い目に遭えばいいんだよなあ」

と呟いた。

「パパったら」

と張美は咎めたが、自分が何を咎めたのかもわかっていないような表情で、渇幸と同じように窓の外を見ながらぼりぼりと花林糖《かりんとう》を齧《かじ》っていた。しばらくして思い出したように頬から手を離した張美は、「そうだっ。結局、バンバはどうすんの」と言った。

「あ、そうだったっ」

菓子受けに手を伸ばそうとしていた渇幸は、「ちょっと、なんとか手を打ってみるよ」と言いながら花林糖を口に放り込み、お茶で喉に流し込んだ。

「え、パパ。手なんてあんの？」

「それはまだ思いついてないけど、でもよく考えたらこの部屋の空気だって、僕が三百六十万出して購入した空気なわけじゃん。バンバに吸わせてやる義理なんか一切ないんだよ」

渇幸はもうひとつ花林糖を口に頬張って指先の屑を払うと、肩をそびやかしながら玄関へと歩いて行った。

藍色の合羽のファスナーをあげた渇幸は、外に出て門扉の掛金をしっかり下ろすと、エレベーターホールへと急いだ。

生温い風に弄ばれ、被ったフードは頭髪の上でもがくように暴れていた。顎下のスナップボタンを留めながらエレベーターホールまで辿り着いた渇幸は、乗降用ボタンを押しかけ、しかし、その直前で大きく舌打ちをした。

台風が通過するまでの間、エレベーターを全基停止させる、という旨の張り紙を発見したのである。

渇幸は顔を歪めて今来た共用廊下を戻ると、棟の一番端にある非常用の外階段を下り始めた。下るにつれ、その表情には苦悶の色が浮かんでいった。去年、会社の健康診断で尿酸の数値を指摘されて以来、平地ならばなんともない膝が、段差を上り下りするたびに悲鳴をあげるようになっていたのだった。

渇幸はざらざらしたコンクリートの壁面に両手を押し付け、なるべく膝に負担がかからないようにしながら階下を目指した。そのうちに額にまで汗をかき始め、フードを脱いで髪を振り乱した渇幸は、「くっそう」とか「なんで僕が」などと、風で掻き消されるのをいいことに大声で悪態を吐きながら、ようやくいちばん下まで到達した。

一階の共用廊下にも、人影は見当たらなかった。

少し休んで息を整えた渇幸はマンションのエントランスにぶらぶらと抜けるような体を装いつつ、各家庭の表札にひとつずつ目を配っていった。まもなく、「番場」と書かれた表札が見つかった。

バンバの部屋は、一〇八号室であった。

それを知った渇幸は口角を思いきり下げ、忌々しげに眉根を寄せた。

というのも各階の八号室は、建物の構造上、棟と棟が重なる凹みのような位置にあり、他の家よりも玄関スペースが広かったからである。それだけではない。その分、共用廊下も少し奥まで延びているのだが、奥まったその部分は事実上デッドスペースと言ってもいい、微妙な空間になっていた。

しかし、デッドスペースではあるものの、共用部分であることに変わりはない。だというのにバンバ一家はそこを完全にプライヴェート・エリア化し、ナカムロで購入したと思しき高さ百八十センチ、横幅九十センチ、奥行き六十センチほどの四段メタルラックを設置させ、隙間がないほどぎっしりと私物を収納していたのである。

花壇用の培養土、ひび割れたプランター、安っぽい鉢、家庭用流しそうめんスライダー、かき氷機。野球のミットとボール。寝袋、テント、箱入りのハロゲンヒーター。メタルラックにはそのようなものが人目を憚《はばか》ることなく、乱雑に押し込まれていた。渇幸はこのメタルラックを据わり切った目で睨《ね》め付けていたが、やがて各家庭に与えられたポーチ部分へと目を移した。

古タイヤが転がり、水垢の付着した空の水槽の中にはポンプや魚用飼料や小型網、衣類などがガラクタ同然に投げ込まれていた。少年野球用のバットが三本と木刀が、錆だらけの傘立てに無理やりねじ込まれており、その脇には破れたトランポリンが立て掛けられている。ひび割れた陶器製の小人。屋外用のＢＢＱグリル。さらに、ひっくり返ったキックボードの傍らには剝き出しのホットプレートが放置され、その鉄板の上には薄汚れたスニーカーが載せてあるという混沌ぶりであった。

門扉のすぐ裏は少しは整頓され、マシに思えたものの、よく見ると、散らかっていたごみを無理やり端に寄せただけらしく、その空いた空間には使い込まれたスーツケースやボストンバッグ、子供用リュック、水筒などが旅行前のように準備されていた。積み上げられた荷物のいちばん上に通気孔の空いたペット用キャリーバッグがあることに気づいた渇幸は、近づいて中を覗いた。メッシュ部分の向こう側で白い毛並みをしたウサギがひくひくと鼻を上下させているのが見えた。渇幸は憤怒の表情を浮かべ、

「ふざけやがって！」

と声をあげた。

そのまま怒りに任せた手つきでインターホンを押しかけた渇幸だったが、しかし、すんでのところで思い留まった。というのも玄関を出る直前になって、「渇未知が高熱を出した」「ゴローが知らない人を咬む」などの口実はことごとく通用しない、と張美に忠告されたことを思い出したからである。そもそも張美は母親達だけの話し合いで、渇未知を実家に預けたことを白状させられており、ゴローが温厚な犬であることもマンションの住人にはとっくに知れ渡っている事実であった。

そして何より、バンバ達はそんな生易しい口実で遠慮するような人間ではない、と張美は何度も強調したのであった。

渇幸はよろよろと長い距離を後退すると、行き詰まったように外階段に蹲った。「あ、もうなんだよ。バンバノクセニヨー」と漏らした直後、合羽のポケットから鳴り響いた鋭い音に驚き、渇幸はぎくりと顔を上げた。

スマートフォンを取り出し、目を眇めて画面を確認したところ、マンションすぐ近くの河川が危険水域に達する見込みであることを知らせる、緊急速報であった。

思わず口元を綻《ほころ》ばせそうになった渇幸は、しかしすぐにバンバ宅の玄関前に鋭い視線を走らせた。扉がまだ閉まっていることを確認し、一度は安堵しかけたものの、次の瞬間、弾かれたように立ち上がり、そちらに向かって歩き出していた。まだなんの口実も思い付いていなかったが、今にも一家が避難指示に従い、十一階へ押しかけてくるような妄念に憑かれた渇幸は、そうせずにいられなかったのである。

「ああっ。忘れてたっ！　んだよ！　もうっ！」

一階のエレベータードアにも、さきほどと同様の張り紙を発見した渇幸は、近くの壁を長靴で思いきり蹴った。

往生際悪くボタンを連打したあと、実際にエレベーターが動かないことを確認すると、渇幸は周囲に凄まじいほどの警戒を払いながら方向を転換し、今しがた人目を盗んで通り抜けたばかりの共用廊下を急いで引き返し始めた。

そんな渇幸の肩には、通気孔の空いたペット用キャリーバッグが斜めがけされていた。

渇幸はその幅広ベルトをしっかりと握りしめたまま足早に歩きつつ、時折、バッグの側面のメッシュ部分をちらっ、ちらっ、と気にするような素振りを繰り返した。

一〇四号室の前まで来た時、前方から門扉を開閉する音が聞こえ、渇幸は強張った表情で足を止めかけた。しかしそれが一〇八号室の住人でないとわかるや、すぐに何食わぬ様子で足取りを戻し、同じ藍色の雨合羽を着た男性の脇を、不自然に外の方を見ながら通り抜けた。

横殴りの雨は、非常用階段にまで容赦無く降り込んでいた。ずっしりと持ち重りのするキャリーバッグを肩から提げた渇幸は、膝の痛みに歯を食いしばりつつ、一歩一歩、階段を上り始めた。三階に到達する頃には息が上がり、その顔は疲労と激憤で歪み切っていた。渇幸はその怒りの矛先を向けるように激しくバッグを揺すったり、メッシュ部分に向かって意味不明の奇声をあげたりしながら十一階まで到達し、自宅の上框にぐったりと倒れ込んだ。その途端、物音を聞きつけた張美が廊下に姿を現して言った。

「パパ、どうしたの。すごい顔して」

「エレベーターが、停まってる」

息も絶え絶えに説明すると、「あっ。そういえば、お知らせ来てたね」と張美はあっさりした口調で告げた。

「え……そうなの？」

「うん。ていうか、パパにも教えたはずだけど」

そう答えてから張美は三和土に置かれたキャリーバッグに目ざとく気づいて言った。

「なんなの、それ」

渇幸はまだ肩で息をしながら答えた。

「ああ。これは、あれだよ。バンバんとこのウサギだよ」

「えっ？　バンバんとこのウサギ？　なんで。うちで預かってあげることにしたの？」

「んなこと、するわけないだろ」

渇幸はそう言って、ゆっくりと体を起こした。

「なんで僕が、バンバんとこのペットの面倒なんかみるんだよ」

「そうよね。パパがそんな親切なことするわけないわよね。でも、じゃあ、なんなの？」

「何ってあれだよ。これですべてが解決だよ」

渇幸の要領を得ない答えに、張美は焦れったそうに眉根を寄せた。それを見て、少し元気を取り戻した渇幸は勿体ぶった口調で説明を始めた。

「だからさあ、あいつらがうちに避難したいとか滅茶苦茶なこと言い出したのは、元はと言えば、小学校がペット同伴禁止だったからなわけでしょ？　ってことは、そもそもペットなんかいなきゃ、うちに来る理由もないってことじゃん」

ここに至って渇幸の言いたいことを察した張美は、

「まさか、それでパパ、ウサギ連れて来ちゃったの？」

と目を大きくした。

「うん」

「え、もしかして勝手に？」

「勝手にも何も、あいつら、避難用の荷物と一緒に、このウサギの入ったバッグも外に出してあったんだよ。あんなところに放置しとくなんて、ったく、だらしないよなあ。どうせペットもろくに面倒みてないに決まってるし、あんな奴らに生き物を飼う資格なんてないんだよ」

そう言って膝に力を込めて立ち上がった渇幸は、濡れた合羽をよろめきながら脱ぎ始めた。

「で、どうすんの」

「どうすんのって、何が？」

「え、だってパパ、勝手にバンバんとこのウサギ連れてきちゃったんでしょ。すぐに気づかれて騒ぎになるに決まってるじゃないの」

渇幸はファスナーを下ろしながら小首を傾げた。

「そうかなあ。そこまで大ごとにはならないんじゃないの？　つか、あいつらのことだから、いなくなったことにも気づかないんじゃないの？」

「気づくし、大ごとになるよ」

　張美は真顔で言い切った。

「言ってたでしょ。あそこの奥さん、病的に心配性なんだって。っていうか奥さんだけじゃなくて家族全員、うまく言えないけど、なんか変わってるのよ。あの人、さっきもウサギのこと、子供と同じくらい愛してるとか言ってたし、誘拐されたのがわかったらきっと半狂乱になってマンション中、探し回るよ」

「誘拐って大げさだろう」

　そう言って渇幸は苦笑した。

「台風が通過したあとに、適当にどっかその辺にでも返しとけばいいんだよ。そもそもあんな、誰でも盗れるような場所に置いとくのが悪いんだ。つか、どうせどっかの子供がいたずらしたって話になって終わりでしょ」

「でも、」

　表情をどんどん曇らせる張美を見て、渇幸は気になったように訊き返した。

「でもなんだよ」

「パパがさっき出て行ったあと、私、一応、一報入れておこうと思ってバンバに連絡しちゃったのよね」

「は？　連絡？」

「うん」

「なんて？」

「今からパパがお話しに伺いますって」

渇幸は合羽を脱ぎかけていた手を止めて顔をあげた。

「なんでそんな余計なことすんだよ？」

「だっていきなり訪ねたら、感じ悪いじゃないの」

張美の言葉に急に落ち着きをなくし始めた渇幸はバッグと張美を交互に見ながら言った。

「え、つうことは何？　ウサギがいなくなったら僕がいちばん怪しまれるってこと？」

張美は神妙な面持ちで、足元のキャリーバッグを見下ろしながら言った。

「騒がれる前に、おとなしく返しておいた方がいいんじゃないの？」

渇幸は仁王立ちのまま、茹でられた達磨のような赤黒い顔でバッグを見下ろしていた。が、やがて何かが破裂したように「バンバノクセニヨー！」と奇声とも怒号ともつかない声をあげると、脱ぎかけていた合羽を自棄《やけ》くそになったような手つきで、荒々しく着直し始めた。

痛む膝に鞭を打って再び階段を十階分下りた渇幸は、辿り着いた一〇八号室の玄関前から荷物がごっそりなくなっていることにすぐに気づいた。

なくなっていたのは荷物だけではなかった。傘立てにねじ込まれていた、少年野球用のバット三本と木刀。それらもなぜかなくなっていたのである。渇幸は嫌な予感を覚えつつ、門扉にそっと手をかけようとしたが、エレベーターホールの方がなんとなく騒がしいことに気づき、ぎくりと動きを止めた。

子供数人と大人の男が激しく怒鳴りあうような声が、暴風雨に交じってわんわんと反響していた。

渇幸は素早く階段まで引き返すと、息つく暇もなく今しがた下りて来たばかりの階段を一気に上り始めた。

酸欠寸前の渇幸が倒れこみながら玄関に戻るなり、菜箸とスマートフォンを持った張美が廊下に飛び出して言った。

「パパ、大変！　バンバ、もう気づいてるみたい。今、家族総出で犯人探してるって！　あ、やだっ。なんでウサギ返してないのよ？」

そう言われた渇幸は、極限まで我慢していた小便を思いきり放出するように頬をぶるぶると震わせながら怒鳴り散らした。

「んだよっ。元はと言えば、あいつらが一階の住人のくせにペットなんか飼ったりするから、こんなことになってるんじゃねえかよ！　ふざけやがってっ」

「そうだけど、そんなこと言ってる場合じゃないわよ」

スマートフォンを手早く操作しながら張美は言った。

「パパ、最初に下降りた時に、河合さんの旦那さんに見られたでしょ。怪しい男が大きいバッグ肩から下げて階段の方に急いでたって、バンバに証言してるらしいわよ」

「え？　わっ。あいつかあ」

合羽姿の男を思い出し、渇幸は顔をくしゃくしゃにして頭を抱え込んだ。

「ああもう。つか、え、じゃあもう駄目じゃん。もう終わりじゃん」

「あいつらのことだから、乗り込んできて家探《やさが》しさせろとか騒ぎ出しかねないわよ。もう、どうすんのよ。こんなことなら、おとなしくうちでカレーでも食べさせとけばよかったのよ」

張美が言うと、渇幸はムキになったように顔をあげ、

「あっ。あっ。それは今だから言えることだろう。そういう、後出しじゃんけんみたいなこと言うのは駄目っ。絶対に駄目っ」

と言い張った。張美は渇幸を完全に無視して、爪を嚙みながら険しい顔で下駄箱を睨んでいたが、やがて唐突に「そうだっ」と大声をあげた。

「わっ。びっくりした。何？」

「パパ、川よっ。川っ」

張美の語勢に気圧された渇幸は、呆気に取られたように「川がなんだよ」と訊き返した。

「可哀相だけど、もうこうなったら、これごと川にでも流してくるしかないわよ。そう

すれば、証拠も一切残らないし」

そう言って、張美は上框のキャリーバッグを見下ろした。

「これさえ見つからなかったら、人違いでしら切り通せるわよ、きっと」

断言する張美を見て、額に皺を寄せた渇幸は懐疑的な口調で首を捻った。

「通せるかなあ」

「通せるよ。パパの合羽、ナカムロのセールで買ったやつだから、ここの住人みんな着てるもん」

「そうか。でも、さすがにそこまでする必要ないんじゃないの？　そこら辺に放置するだけじゃ駄目なの」

そう言って渇幸は尻込みするような目つきを張美に向けた。

「何言ってんの。それだと誰かが持ち出したってことがバレるじゃないの」

声を大きくして主張する張美に、渇幸はやはりまだ懐疑的な様子だったが、やがて何を納得したのか「そうだな」と深く頷いてから言った。

「こんな時こそ、不断の努力を惜しんじゃ駄目だよな。バンバなんかに人生狂わされるなんて考えただけで、はらわたが煮えくり返るもんな」

「そうよ」

張美も菜箸を持ったまま頷いた。

「このままだと中傷ビラとかまで撒かれて、犯罪者扱いされかねないわよ。そんなことされて、ご近所で感じ悪くなるのだけは嫌だもん。自分の自由と権利を守るのは国民としての義務でしょ、パパ」

腕を組んだ渇幸は、うんうんとなおも頷きながら言った。

「でもあれだな。まだウサギでよかったよな。これが犬とか猫だったら、さすがに犯罪っぽいっつか」

「パパ」

張美に注意された渇幸は慌てて顔を引き締めて、少しの間、同情するように足元を見下ろしていたが、そのうちすっきりしたように顔をあげると、「じゃあ、バンバが乗り込んで来る前に、国民として済ませてくるよ」とキャリーバッグを肩に担いだ。

「うん。可哀相だけど、お願いね。私、その間に夕飯の準備しとくよ。カレーでいいわよね?」

「うん」

そんな会話をしながら渇幸が玄関から出て行こうとした、その時であった。張美のスマートフォンが震え、メッセージの受信を知らせた。その文面に何気なく目を通した張美は、出て行こうとする渇幸を慌てて呼び止めた。

「パパ、駄目」

「どうしたんだよ」

振り返った渇幸に、顔を強張らせながら張美は言った。

「行っちゃ駄目。バンバが、今から家族全員でうちに来るって」

「いらっしゃい。狭いところだけど、適当にゆっくりしていってね」

家族以外の人間に使う、よそいきの華やいだ声で張美が案内すると、廊下に渋滞していた一家がどやどやとリビングになだれ込んできた。詰まった風呂のパイプから出てきたような一家は、同じマンションの住人とは思えないほど生活臭の滲んだ、芋臭い連中であった。

ソファに腰掛けていた渇幸はのっそりと立ち上がり、窓際の空気清浄機をさりげなく急速モードで稼働させてから挨拶した。

「いらっしゃい、大家族ですね」

「すみません、旦那さん。いきなりこんな大勢でお邪魔しちゃって。ご迷惑じゃなかったですか？」

先頭に立ってリビングに入ってきた女が、恐縮している風の口調で言った。小柄で、明るめの色に染めた髪の毛を耳の辺りまで短くした女は、目が小さく奥まっている上に手足が短いからなのか、間違って土の中から地上に出てきた齧歯類《げっしるい》を連想させた。シャカシャカした素材の耐水性のズボンを穿いている姿は世俗的で、その辺にいそうな主婦にしか見えない。しかし、どこか鋭利な目つきをしているためか、そこはかとなく物騒な印象を放っていた。

渇幸が何か答えるより先に、張美が「もー、迷惑じゃないって何度言ったらわかるの。困った時はお互い様でしょ。ほんとに遠慮しなくていいから」と溌剌とした声を出して、一行のいちばん後ろからリビングに現れた。

「ほら。お兄ちゃん達。スリッパ、ちゃんと置いてあったでしょ。遠慮しないで履いていいのよ」

「あ、いいのいいの。うち、スリッパとかなくても全然大丈夫だから。気にしないで」

女はそう言ってから、脇に立っていた父親に「あの辺に置かせてもらえば？」と指示を出し、持参した大量の荷物をリビングの一角へ運ばせ始めた。頭にタオルを巻いた父親は身の丈が渇幸より頭ひとつぶんは高く、顔にこれと言った表情がないためか、動く壁を彷彿とさせた。父親もやはりスポーツブランドのロゴが入った耐水性のズボンを穿いていた。

スリッパを拒否された張美は、子供達の湿っていそうな靴下にちらっと視線を走らせたあと、「お兄ちゃん達。危ないから、あんまりソファで飛び跳ねないでね」と小声で注意し、キッチンのシンクの方へ移動した。ソファは去年リペアに出し、スプリングも布地も新しくしたばかりであった。

「あの……できれば、そこじゃない場所に置いてもらってもいいですかね？」

立ったまま一家を見張っていた渇幸は、ついに我慢できなくなり、父親の背中に声をかけた。

「え？　駄目なの？　ここ」

くたびれたボストンバッグを積み上げようとしていた父親はそう言って、女の方に顔を向けた。

「え、あ、わかんない。そうなんだ」

女もそう言って父親と荷物を交互に見比べた。渇幸は苛立ちを堪えながら、「できれば」と口を挟んだ。

「そこ、ご覧の通り、一応収納スペースの前なんですよ。塞がれちゃうと、中から物取れなくなっちゃうんですよ」

「別にいいじゃないの、パパ。今取り出すものなんてなんにもないでしょ」

咎める張美に、「そういう問題じゃないじゃん、ママ。つか掃除機だってあの中でしょ？　掃除機は絶対使うでしょ？」と渇幸は食い下がった。

「もし使う時は私がどかすわよ」

「いやいや、だったら今のうちに、別の場所に移動させときゃいいだけの話じゃん」

渇幸が断固とした口調で言った直後、廊下からトイレの流水音が聞こえ、女をさらに小柄にしたような老女が無言でリビングの入り口に現れた。一目見て、女の実母とわかる容貌をしたこの母親も、やはり耐水性の、妙にスポーティな服に身を包んでいた。女の母親は鋭利にも遅鈍にも見える不思議な眼差しで、口を引き結んだまま、張美の自慢の、家族写真がディスプレイされた飾り棚を眺め始めた。

「いいからいいから。荷物のことは気にしないでね」

張美は空気を変えるように明るい声を出すと、「大人の人達は今、お茶でも出すので食卓の方に座ってて下さーい」と愛想よくダイニングテーブルを指し示した。「あ、でもパパ、椅子が足りないね。パパの部屋から、なんか適当なの一脚持って来てくれない？」

張美の言う通り、食卓のダイニングチェアは四脚しかなかった。渇幸は一家の誰かが遠慮して、「いいですいいです。自分は立ちます」と言い出すのを首を反らし、威圧的な表情で待ってみたが、女、父親、女の母親は誰もが当然のことのように空いている椅子に各自腰を下ろし始めた。自分の定位置であるベランダ側の椅子に父親が着席するのを見届けた渇幸は、「あれ。てかママ、椅子ってあそこにしまったんじゃなかったっけ？」とわざとらしく一家の荷物で塞がれた収納庫を振り返ったが、「あんなとこにあるわけないでしょ」と張美はすぐに一蹴した。「パパ。いいから早く自分の部屋、見てきて」

粗暴な足取りで自室に向かった渇幸は十円玉をポケットから取り出すと、扉の溝にあてがい、指先に力を込めた。溝が浅すぎて何度か失敗したのち、ようやく扉越しに鍵の回る手応えがし、ドアの隙間から素早く入室した。

六畳の洋室はさきほど運び込んだ備蓄で埋め尽くされていた。足の踏み場もない小上がりを見た渇幸は、「ああもう。面倒くせー」とぶつくさ言いながら荷物をどかそうとし、しかし、すぐに諦めて、「これでいいやもう」と脇に畳まれていたスチール製の脚立を手にした。部屋を出ようとした際、渇幸はポータブル金庫にまとめておいた通帳、判子、財布、クレジットカード類、重要書類の確認を怠らなかった。渇未知の貯金箱は子供が絶対に手の届かない棚の上に置き直した。

眉間に皺を寄せながら最後にくんくんと鼻を動かした渇幸は、「つか、臭すぎるだろ」と呟いて、防災リュックの脇に置かれた花柄のバスタオルを我慢できなくなったように捲りあげた。メッシュの向こうで、ウサギが置物のように蹲っていた。ころころした球状の糞が一粒、足元に転がっているのを発見した渇幸はティッシュでそれを摘み上げると、忌々しげにゴミ箱に投げ込んだ。それからドアを乱暴に閉めて、十円玉で廊下から鍵を掛け直した。

ダイニングでは張美が一家にお茶を振舞っている最中であった。センスを褒められることが何より好きな張美は、「ありもので申し訳ないけど」と言い添えながら、渇幸も出されたことがないような高級そうな焼き菓子を食卓の真ん中に登場させた。張美お気に入りのティーセットで、紅茶を啜《すす》っていた女は、しきりに部屋の中を見回しながら、「ほんと、うちとおんなじ間取りとは思えないね」と感想を口にした。

一見、常識のありそうな口調で喋る女の声に不自然さを覚えながらダイニングテーブルの端に脚立を広げた渇幸は、女の家族に胡乱《うろん》な目を向けつつ、リビングの方を振り返った。三人の男児がテレビボードの収納を勝手に開け、ゲーム機がないか早速探している。男児達もやはり、シャカシャカした素材の、水着のような半ズボンを穿かされていた。

「あー、ちょっとちょっと。お兄ちゃん達、そこ、勝手に開けないでね」

渇幸は半身を捻ると、通常このくらいのボリュームで注意すれば、気づいた親が代わりに叱るであろうと思われるぎりぎりの声量で子供達に話しかけ、反応を待ったが、女だけでなく、明らかにその現場を目撃していたと思われる女の母親ですら特に何も言わないのを目にし、はらわたがますます捻れたような表情を浮かべた。女は構わずに、張美に話しかけていた。

「どうしてこんな素敵な部屋になるの？　雑誌に出てくるみたいな家よね」

「えー全然よ。全然。子供が生まれてから統一感なくなっちゃって恥ずかしいわよ」

「え、これでそんなこと言ってたら、うちなんて絶対に見せられないわよ。ねえ、お父さん？」

女に同意を求められた父親はさきほどからダイニングテーブルに飾られた多肉植物をじっと見下ろしていた。ガラス製の小さな鉢には、サボテン、グリーンネックレス、セダム、エケベリアが張美の手によって寄せ植えされている。父親の頭に巻いたタオルには、どこかの会社の名入れがしてあった。

「だってそっちは男の子三人でしょ。そんなの散らかるのは当たり前だって。うちだって今日は朝からずっとばたばたしてて、全然片付けられてないし……」

世辞を真に受けた張美は女に訊かれるがまま、このダイニングテーブルはどこそこで買った、この照明器具はどこそこのブランドである、などとどうでもいいことをぺらぺら答え始めた。

　父親は相変わらず空気のように気配を消しながら多肉植物を凝視したままで、女の母親はことさら人懐こい笑みを浮かべる張美に時折見透かすような視線を走らせるだけで会話には一切加わらず、センブリ茶でも飲んでいるかのような厳たる表情で紅茶を啜っていた。マグカップを手にして空いていた自分の椅子に腰を下ろした張美は、川が氾濫するのではないかと不安がる女と四千万円の排水システムについてひとしきり話した後、

「あら、パパ。それって脚立じゃん」

　とようやく渇幸に気づき、呆れたように声をかけた。

「椅子出してって言ったのに」

「物が多すぎて出せないんだよ」

　溝に食い込んだ尻をもぞもぞと動かして答えると、それまで張美に喋りかけ続けていた女が唐突に渇幸の方に向き直り、

「旦那さん、突然大勢で押しかけて本当にすみませんでした。うちのおばあちゃんがどうしても小学校は嫌だって言い張って……」

　と口を開いた。

渇幸は尻をもぞもぞと動かしたまま、丁重な言葉遣いを崩さず返した。

「ああ、小学校？　まあそうですよね。ご高齢の方には厳しいですよね、あの環境は。知らない人達と並んで床に段ボールとか敷いて寝るんでしょう？　嫌がって当然ですよ」

そう言いながら、渇幸は右隣をちらっと窺った。女の母親は個包装された焼き菓子を手にし、裏面の原材料が記載されたラベルを無言で熟読していた。

「うちのおばあちゃん、腰痛持ちだから、そんなところに寝かせたら絶対腰悪くするし、それにニュース観てたら、家を空けるのも心配になっちゃって」

「心配？」

「こういう時に、避難した家を狙って空き巣が多発するって。ね？　テレビでやってたよね？　それで私、小学校に連絡したら、どっちにしろペットは同伴禁止って言われて。本当にもうどうすればいいか困っちゃって」

「番場さんとこは、ペット飼ってるのよね」

張美はそう言ってさりげなく立ち上がると、「私、そろそろカレーの準備しちゃうわね」とマグカップを持ってキッチンへ向かった。

「へぇ。ペット、飼われてるんですか」

紅茶に手を伸ばしながらそう口にした渇幸の隣で、「行方不明」と、それまで無言を貫いていた女の母親が焼き菓子の裏面に目を向けたまま、初めて口を開いた。

「えっ、行方不明なんですか？　ウサギが？」

渇幸がそう声をあげた瞬間、いちばん離れた位置に座って多肉植物を見つめていたはずの父親が顔をあげた。土気色をした父親の顔の中で、赤く充血した目だけが極めて印象的であった。渇幸が何か言うより先に、父親の隣で、女がまた早口で話し始めた。

「そうなんです。ウサギがいなくなったんですよ。さっきまでペット用のキャリーバッグに入れて玄関前に置いといたのに、ちょっと目を離した隙にバッグごと盗られたみたいで……」

「絶対、このマンションの人間の仕業なんですよ」

父親が渇幸を見たまま、唇をほとんど動かさない喋り方で、ぼそりと呟いた。

「ほら。お父さんがこう言うから家族全員で探そうとしたんだけど、ちょうど、ね？　高齢者がいる家に避難指示が出ちゃったから、とりあえず避難しようって話になったんだよね？」

「早く見つかるといいですね」

痛ましげな顔を作った渇幸はそう言って紅茶を啜った。

「おそらく、どっかの家の子供の仕業に違いないけど、そうやって人を困らせて楽しむ人間が同じマンション内にいるかと思うと、僕は居た堪れないですよ。でもまあ世の中、人の不幸をイベントにする連中ばっかりですよ。そういう奴らに食いものにされないためにも、僕らみたいな善良で真面目な人間は、助け合って生きていくしかないんですよ」

被害者然として語った渇幸の話を、スマートフォンをいじり出した女はほとんど聞いていなかった。「ほら。お父さん。どうしよう。川、本当に氾濫するかも」父親に画面を見せながら不安げに窓の外を気にしていた女は、キッチンで野菜の皮を剝き始めた張美に向かって、「あれ。そう言えば、この家ってワンちゃん飼ってなかった?」と思い出したように尋ねた。

「ああ、苦手な人がいたらあれだからと思って、寝室に避難させてるのよ」

「そんなことしなくていいのに」

「別に大したことじゃないから」

その時、ゲームが見つからず文句を言っていた子供達が犬という言葉にわっと反応した。

「おばちゃん、犬いるの。じゃああとで見に行ってもいい?」

「いいわよ」

張美が愛想よく答えるのとほとんど同時に、「いや、それはちょっとどうなのかなあ」と渋面《じゅうめん》で顎を撫でながら渇幸が口を開いた。

「ただでさえゴローはナイーブな犬なんだから。これ以上、余計なストレスは与えない方がいいだろう」

余計なストレス、という部分を微妙に強く発語した渇幸を見た張美はほっとした様子で「それもそうね」と応じた。「ああ見えて結構、繊細だもんね」

気づくと、空気清浄機がいつのまにか止まっていた。立ち上がり、窓辺に近づいた渇幸はあたかも日常的な動作であるかのように運転ボタンを押し直した。そのまま窓の外に目を凝らすと、川はさきほどより黒々とし、肥えたどじょうのように見えた。渇幸は後ろ手を組んで少しでも清浄機から吐き出される空気を吸おうと立っていたが、背後で女が「そうだ。たまねぎは入れないでもらっていい？」と張美に話しかける声を聞くなり、さっと体を反転させた。

「どうしたんですか」

張美が答えるより先に渇幸は女に訊き返した。

「アレルギーなんですよ」

女は座っている父親を見下ろしながら答えた。

「この人、たまねぎ食べると気持ち悪くなっちゃう体質で」

「あー、アレルギーですか。それは大変ですね」

渇幸は同情するようにそう言ってから、

「でもママ、今作ってるのってカレーなんだよね？　カレーからたまねぎ抜いちゃうのってどうなの？　美味しいの？」

と訊いた。

「さあ。作ったことないからわかんないわよ」

たまねぎの皮を剝いていた張美が戸惑ったように答えると、女がすかさず「あ、それは大丈夫。うちはいつもノーたまねぎで作ってるけど、問題ないよ」と助言した。「そうなの?」「うん。全然、大丈夫」「へえ。でもよく考えたら、たまねぎなんて大体いつも、溶けてなくなってるもんね」「そうそう、意外となくても誰も気づかないのよ」「そうなんだ。だったら入れない方が楽じゃないの」その時、女達のやりとりを黙って聞いていた渇幸がおもむろに首を曲げて、「それはちょっと、どうなのかなあ」と再度、口を挟んだ。

「何よ、パパ」

「いやあ、」渇幸は執拗に顎を撫でながら言った。「でもここにいる人間で、たまねぎが食べれないのは一人だけなんでしょ? そのためにたまねぎ抜きカレーを全員が食べるっつうのはどうなのかなあ。普通のことなの?」

「別で作るからいいわよ」

煩わしそうな口調で答えた張美の言葉が聞こえなかったかのように、渇幸は父親に向かって、

「あれだったら、僕が弁当でも買ってきましょうか?」

と言いながらキッチンカウンターに置いてあった家の鍵にわざとらしく手を伸ばした。苛立ちを隠し切れなくなった様子で張美が言った。

「パパ、馬鹿なこと言わないで。いいわよ、じゃあホットプレートで焼肉にするから」

「焼肉?」

「そうよ。漬け込んでおいたお肉、冷蔵庫にちょうどあるし」

そう言って、まな板の上でたまねぎを輪切りにし始めた張美に、渇幸は露骨に何か言いたげな視線を向けていたが、「パパ、そこ邪魔。早くホットプレート出してきて」と有無を言わさぬ口調で命じられると、不満そうに脚立をがたがたと畳み始めた。

リビングのソファでは三人の子供が頭を逆さにし、髪をほうきのように地面に垂らしながら床との隙間を覗き込んでいた。

「おじちゃん。なんでこんなところにラーメン一個だけ落ちてんの?」

話しかけられた渇幸は唾でも吐きかけそうな眼差しを男児に向けた後、その手の中の乾麺をすばやくひったくった。リビングを出て行く際、渇幸のいからせた肩が壁にぶつかり、留められていたカレンダーが音を立てて落ちたが、そのことに反応する者は誰ひとりいなかった。

渇幸がゴローを抱いて寝室にいる間も、ドアの外からはひっきりなしに子供が走り回る音や、ガラスが嵌められたドアを乱暴に開け閉めする音、トイレに行く音、水を流す音などが聞こえ続けていた。渇幸はその騒音を壁越しに聞きながら無表情でノートパソコンを操作していたが、こめかみには筋のようなものがはっきりと盛り上がっていた。

ドアの隙間から体を滑り込ませるようにして入室した張美が、布団の上の渇幸を見下ろして言った。

「パパ、ホットプレート、まだ？」

ノートパソコンの液晶画面には、屋根がきれいに吹き飛ばされたタバコ屋や、切れた電線がそうめんのように地面に垂れ下がっている電柱の写真が開かれていた。渇幸はその画面から目をあげぬまま反吐を吐くように答えた。

「あんな連中のために、なんでうちが焼肉までご馳走しなきゃなんないんだよ」

「仕方ないでしょ。迷惑そうにしたら怪しまれる」

張美は言い切ってから嫌悪感を思いきり顔に滲ませると、「でも、ほんとに厚かましいわよね。何考えてんのかしら」と呟いた。

膝の上に座らせたゴローの頭を撫で回していた渇幸も、「だろう？」と頷いた。「あんな奴らによくしてやる義理なんて、一切ないんだよ」

「ほんとそうよね」

「だいたい、あの父親、どこに勤めてんだ」

「どこかしら。訊いても奥さん、いつもはぐらかすのよね」

そう首を傾げる張美に向かって、渇幸は「どうせろくでもない仕事だろう」と言い捨ててから、「つか、あいつら、今どんな感じなの？」とリビングの方を窺うように首を捻った。

「どうもこうも」と張美は言った。「ずっとウサギの話してるわよ」

「そうか。でもそれだって、あれだよね。ポーズっつうか。本気で心配してるとは限らないよね」

「どういうこと?」

「だって本気で心配してたら、いくら避難勧告が出てるとはいえ、必死になって探しに行くんじゃないかなあ。なのに、のんびりここにいる、ということはだよ? やっぱりあいつらにとってウサギなんてどうでもいい存在、ってことに他ならないんじゃないの? いなくなったらいなくなったで楽っつうか、本心ではあいつらも面倒見る手間が省けてラッキーくらいに思ってんじゃねぇの。そういう顔してるもん」

「犯人見つけたら殺すって言ってるよ」

渇幸は少しの間、黙り込んでから、「あいつらと一緒の空気を吸ってるだけで頭が痛くなるんだよなあ。波長つうかなあ」とぼやきながらわざとらしくこめかみを揉んだ。

「お願いだから、これ以上感じ悪くしないでよ」

釘を刺す張美に「ああ」と渇幸はおざなりに返事をしつつ、「つか、ママもこれ以上あいつらの機嫌取るようなこと、わざわざ言うんじゃないよ」と釘を刺し返した。

「わかってるわよ」

その時、リビングの方から廊下にどやどやと人が吐き出される気配がした。二人で寝室から出て行くと、女の母親を除いた一家が慌ただしく玄関へ向かおうとしているところであった。張美が訊いた。

「あら。どうしたの。どこ行くの」

「あ、よかった、いたいた」

男物の上着を着ようとしていた女が振り返った。「やっぱり台風が直撃する前にもうちょっと、探してみようってことになって」

「探してみるって、ウサギ？」

「そうそう。今、雨が一瞬小降りになったみたいだから」

「なんだ。だったら、わざわざみんなで行かなくたっていいんじゃないの」

渇幸が無言で視線を向けると、張美は満面にとびきりの愛想を浮かべていた。張美は言った。

「わざわざみんなで行かなくていいわよ。うちのパパとそっちのパパが、二人で行けば。ねえ？」


幾重にも折れ曲がる外階段の、何度目かの踊り場で渇幸はついに我慢しきれず足を止めた。

後方に続いていた父親がそれに気づいて立ち止まった。

「どうかしましたか」

渇幸は膝を擦りながら言った。

「うーん。大したことじゃないんですけど、実は僕、膝の方を痛めちゃってるっつか、こういう階段の上り下りはよくないって医者から止められてるんですよね。あ、痛い。痛いわ、これ」

「休みますか」

「まあ適当にしとけば落ち着くと思うんですけどね。あ、番場さんは先行ってもらっちゃってて全然いいですよ。あと追いかけますよ」

そう言って踊り場の端にどっかりと座り込んだ渇幸は、なおも辛そうな顔を作りながら脇を通り抜けるように身振りで示した。ナカムロで購入した、同じ藍色の雨合羽のLサイズを着た父親が何も言わず追い越し、次の踊り場から姿を消すと、渇幸は煙草を取り出して深々と一服した。耐水性ではないジャンパーを着た肩口が小雨でぐっしょりと濡れていた。

小一時間ほど、渇幸は父親と二人で、いるはずのないウサギを捜索したのであった。マンション内を探すと言い張った父親はなぜかぴったりと後を付いて来て、渇幸からひと時も離れようとしなかった。その上、そろそろ諦めて戻りましょう、といつどのタイミングで渇幸が言い出そうかと見計らっていた頃合いで、あの女から着信があったのである。女は、雨がひどくなる前に一階から家族全員分の布団を運び上げた方がいいのではないか、と言った。スピーカー機能で話される会話を窺っていた渇幸は、父親がぼそぼそとした声で「わかった」と応じるのを耳にした。通話を終えると、父親は「布団を運ぶことになりました」と渇幸に当然のように告げた。

煙草を吸い終えるまでに図体のでかい父親がさっさと布団を運んでくれないかと期待したが、父親はいつまでも戻って来なかった。渇幸はコンクリートに痰を吐き捨てると、握り潰すように煙草の箱をポケットに入れ、階段を下り始めた。

一〇八号室の玄関扉は開け放されていた。

渇幸はここでもあえてすぐには入ろうとせずに共用廊下で待ってみたが、父親が布団を運び出してくる気配は一向になかった。もうこれ以上待っているのは不自然であろうと思われるギリギリまで粘った渇幸は、スチール製の門扉に乱暴に手をかけた。門は心なしか、渇幸の家のものよりも耳障りな開閉音を立てた。

「番場さん？　あのー、これあがっちゃっていいんですかね？」

声をかけたが、中から返事はなかった。渇幸は遠慮することなく舐め回すような視線を廊下に走らせた。渇幸の家の廊下は張美が選んだ明るいクリーム色の、少しざらざらした珪藻土《けいそうど》風な壁紙なのに対し、ここの家の廊下は息苦しさを覚えるほどの濃い茶色で、バンガロー風の、安っぽい木目が印刷されていた。その壁紙には十円玉で付けたような白い傷が無数に走っているだけでなく、シールが貼られた跡や、貼られたシールが剥がされた跡、バットで殴ったような凹み、油性ペンで落書きされた箇所が散見された。

容赦無く吹き込む風によって、リビングと廊下を隔てるドアは、嵌め込まれたガラスが今にも割れそうなほど激しく壁に叩き付けられていた。ウサギの糞が転がる三和土には、大人数の靴がごっそりなくなったせいかスペースができており、その中央に今しがた脱がれたと思しき、男ものの、動物の死骸を彷彿とさせる、巨大な靴が転がっていた。

　渇幸はサンダルを脱いで玄関にあがった。靴下の裏がべとついている気がして、途中でスリッパを探そうと引き返して下駄箱に指をかけたが、中に健康グッズやプロレスラーが被るような覆面が押し込まれているのを見て直ちに諦めた。

「おおい、番場さん」

　間取りは渇幸の家と同じであるらしかった。廊下の左側に個室とトイレ、右側に個室と脱衣所と思しき扉がある。

　その中で一枚だけがずたずたに破れた襖であるのを発見した渇幸は、ここが寝室であろうとあたりをつけ、引手に指をかけた。「返事なかったんで勝手に入っちゃいましたよ」渇幸は和室に上半身だけ入室し、中を見渡した。共用廊下に面した明かり取りの窓に安そうな素材のカーテンがかけられている。薄暗かったが、思った通り埃っぽい布団の海が畳一面を覆っていることはすぐにわかった。ウォークインクローゼットの代わりにやはりずたずたに破れた押入れがあり、その上段で毛布がウサギのように丸まっていた。捲れた敷布団の奥に、黒っぽい粒状の塊が見えたような気がした。

　布団全体から、獣臭と乾いた唾液と酸い体臭が入り交じったような匂いが発生していることに気づき、上半身を和室から引き抜いた渇幸は、「おおい。番場さん」と言いながらリビングへ向かった。

一瞬、部屋の中央で父親が立ちはだかっているのかとぎょっとしたが、人影に見えたものは渇幸の胸まであるのではないかと思われる丈の、男ものの運動ズボンであった。ハンガーにかかった洗濯物が部屋を占領するように、大量に天井付近からぶら下がっている。突っ張り式のポールが渡してあるのだろう。衣類はどれも生乾きで、雑菌が繁殖しているような匂いを発していた。干された子供達の半ズボンは、よく見ると、正真正銘の海水パンツであった。

リビングは寝室以上に薄暗かった。ここでも濃い茶色の壁紙が全体の印象を余計に息苦しくしている。女は「うちとおんなじ間取り」と言っていたが、キッチンはガスコンロや調理台が壁と向き合っている古いタイプで、渇幸の家ではリビングを広く見せるためにぶち抜いた隣の部屋の壁もそのまま残されている。その四畳ほどの狭い個室で、女の母親が寝起きしているのだろう。スライド式の間仕切りを取り付けて、必要ならば簡易に個室も作れる設計を熱望したのは張美で、多様なライフスタイルに都度適応できるのが渇幸宅の自慢であったが、ここには初めから生活様式に選択肢など存在しないようであった。

湿った洗濯物を押し退けるようにして奥を覗くと、専用庭へと続くはずのガラス窓一面が、凹凸のある灰色のボール紙のようなもので塞がれていた。渇幸は物が散乱する床を歩き、塞がれた掃き出し窓の方へ近づいて行った。窓からは隙間風が入り込んでいるような、甲高い音が引っきりなしに漏れていた。

凹凸のある灰色のボール紙と思ったものの正体は、紙製の卵パックであった。両面テープで接着したのだろう。パックはまるで自生したかのように窓全面をびっしり覆い尽くしていた。渇幸は窓にさらに近づいた。パックのお陰で嵌め殺しのような状態になった窓は動かしてもびくともしなかったが、その継ぎ目にはところどころ隙間ができていた。その隙間に片目をあてがい、窓の向こうを覗いてみると、すっかり暗くなった専用庭で、背の高い雑草が踏み潰されるように暴風に揺れているのが見えた。

「防音壁です」

驚いて渇幸が振り返ると、父親がリビングの入り口に立ってこちらを見下ろしていた。

「ああ。防音。じゃあやっぱりあれですか。騒音対策」

渇幸はとっさに体勢を正して、何食わぬ口調で訊き返した。薄暗さと洗濯物に邪魔され、父親の表情がわからない。電球の傘にぶつかりそうな身の丈のせいで、父親はいよいよ壁の一部に見えた。

「ええ、そうです」

その声は抑揚がなかった。「騒音と振動は慣れても、粉塵は無理です。目も鼻も喉も、粘膜という粘膜がすべてやられます」

そう言われた途端、渇幸は目にむず痒《がゆ》さを覚えた。言われてみればさきほどから、やたらと部屋中が粉っぽい。瞬きを繰り返した渇幸は拳を押し付けるように瞼の上から両目をぐいぐいと揉んだのち、父親の手に何かが握られていることに気づいて訊いた。

「なんですか、それ」

渇幸の視線を追った父親は、手の中のものを目の高さにまで持ち上げて答えた。

「ああ。これは……タレです」

「タレ？」

よく見ると、それはラベルの剝がされたペットボトルの容器であった。

「電話で持ってくるように言われたので」

「ああ。焼肉の、ですか？」

父親は何も言わずにそのまま体の向きを変え、廊下へと歩き出した。勝手に部屋を詮索していたことを咎められなかったことにほっとした渇幸は、自分もそのあとを追いかけながら、「つか、あれでしょう。窓も開けれないなんて大変でしょう」と明るく話しかけた。ペットボトルの中で、黒くて粘っこい液体が音を立てて揺れていた。

「子供と老人がいるのに、結構きついですよねぇ。これってやっぱあれですか。もし粉塵で病気になったら、生コン工場に損害賠償とか請求できるんですか」

父親は無言で襖を開け、寝室に入って行った。渇幸が廊下に転がっているウサギの糞を見つけ、顔を顰めていると、床で直に寝るのと大差ないような薄い布団が二つ折りにされた状態で目の前にどさっと投げ置かれた。

渇幸は「あ、これですか。じゃあ、どんどん持ってってちゃいますね」と中に声をかけ、布団をひと組持ち上げた。黴と体臭と獣臭を煮詰めたような臭いが鼻腔に滑り込むのを感じた渇幸は堪えるような表情をしたのち、父親の靴を合成樹脂製サンダルで容赦なく踏みつけながら、よたよたと玄関を出た。このような布団に平気で寝られる人間が、粉塵と騒音と振動の犠牲になるのは当然のことであった。渇幸は新鮮な空気を求めるように、喘ぎながら階段を上り始めた。

まるでべったりとしがみ付いてくるような湿気た布団をようやく自宅の廊下に投げ捨てた渇幸は、玄関先まで漂っていた米の炊ける匂いに気づくと、貪るように思いきり吸引した。それから一旦は二組目の布団を取りに行こうとする体を取ったものの、すぐに思い直したようにサンダルを脱ぎ、何食わぬ顔でトイレへと向かった。何か聞かれたら、今度は腹が痛くなったと言えばいいと思ったのである。

しかしその時、誰もいないはずの寝室から声が聞こえた気がし、渇幸は足音を忍ばせて寝室のノブを回した。ベッドの上で何かを取り囲むように顔を寄せ合っている男児三人を見つけた渇幸は目を剝き出し、「あっ、あっ」と大人気《おとなげ》ない声を発しながら寝室にずかずかと踏み込んで行った。

「君達っ、うちの犬を虐《いじ》めるなって言ったのがわからなかったのか。何考えてんだ、このクソガキどもがっ」

渇幸はそう叫んで、子供達の肩をぐいっと思いきり引いた。

そこにいたのは、差し出された男児の手をぺろぺろと舐めているゴローであった。どこから見つけてきたのか、首輪に点滅させた犬用シリコンライトまで装着されている。嬉しそうな顔付きのゴローを見て、なお憤慨した渇幸は「ゴロー！」と声を張り上げると、男児達をベッドから無理やり落とし、小突くように押して寝室から追い出した。

「ったくなんてガキどもだ」

内側から鍵をかけてから、目をしばたいた渇幸は「粉っぽいな」と呟くと、ゴローを跨いでベッドに飛び乗り、共用廊下に面した窓を素早く開けて換気した。それから何か物が盗られていないかどうか、あらかじめ撮影しておいた寝室の写真と照らし合わせ、入念にチェックし始めた。

何もなくなっていないことを確認した渇幸はようやく安堵の表情を浮かべたのち、「ゴロー、あんな奴らに懐柔《かいじゅう》されるんじゃないよ。ママのベッドでおとなしくしてなさいっ。メッ」と叱りつけ、廊下へと出た。

ちょうど布団を運び終えたらしい父親が玄関先で合羽を脱いでいるところであった。そのことに気づいた渇幸は被害者風の表情を瞬時に作りつつ言った。

「あっ、終わっちゃいましたか。手伝えなくてすみませんね。つか、今ちょうど、おたくのお兄ちゃん達が寝室に入って、うちの犬にちょっかい出してるところを目撃したんですよ。勝手に人の家を詮索するってのはどういうつもりなんですかね。それで注意してたら遅くなっちゃって……」

濡れた合羽をくるくると無造作に丸め、タイル敷きの三和土の隅に置いた父親は、軽く頭を下げただけで脇を擦り抜け、リビングへ入って行った。

フローラルの柔軟剤の香りがする洗面台で手首までも入念に洗い込んでから渇幸が遅れてリビングに向かうと、食卓の中央にはすでにホットプレートがセッティングされていた。

四人掛けダイニングテーブルは、左右に天板を引っ張ると、八人掛けにまで拡張するという代物であった。ショッピングモールの三階のテナントで張美が気に入り、どうしてもと言って購入したのである。予算オーバーしていた上、受注生産のため三ヵ月後の納品になると言われた渇幸は「そこまでこだわらなくていいんじゃないの」と渋ったが、「安物を買い替えるより、一生ものを買った方がいいのよ」と言い張った張美は実際、神経質なほどこのテーブルに気を遣い、日頃から食事の際にはランチョンマットを必ず敷き、水のグラスすらコースターの上でなければ置かせてもらえない決まりになっていた。

だというのに、今日はテーブルに直にホットプレートが設置されていた。これに気づいた渇幸が「あれ、ママ。マットは？　いいの？」と驚いて訊くと、冷蔵庫からタッパーを取り出そうとしていた張美が、「いいのよ」と即座に答え、「番場さんちは、そんな気取ったもの敷かないんだって」と言いながらリビングの方へさっと視線を走らせた。

その視線の先では、女の母親が唇を固く引き結んだまま渇幸達の家族アルバムを捲っていた。女の方は、と探すと、張美の脇で調理台の前に立ち、炊けた米を握っていた。妙に大きめのおにぎりが市販のふりかけをまぶされ、五つほど平皿に並んでいる。女は今握ったばかりのおにぎりも平皿に置くと、大きい方のボウルからしゃもじを使って、米をひとすくい手のひらに載せた。ふっくらと炊けた米はつやつやと光っていた。渇幸の好みはできるだけ米の隙間に空気がたっぷり含まれたものであったが、中にウィンナーをねじ込んだ女はまるで硬球でも製造するかのような加減で米を握り潰した。男児達が、リビングの端でプロレス技をお互いにかけて遊び出していた。

渇幸はさきほどまで父親が腰を下ろしていた、自分の定位置のダイニングチェアにさりげなく座ると、全体的に淡いクリーム色で統一された清潔感のある壁紙、隣の部屋との壁が撤去された広々とした空間、天井で回るシーリングファン、大きな掃き出し窓、を順に見回しながら、「やっぱり我が家は落ち着くね」と独言した。そして空気を鼻から思いきり吸おうとした瞬間、またしても清浄機の稼働音が止んでいることに気づき、「あれっ」と言って窓際を振り返った。

近づいて確認すると、やはりさきほど急速モードにして青く点灯させたはずのスイッチが消灯していた。

「もしかして、ママ、さっきからこれ触ってる?」

「空気清浄機?　なんで。触るわけないじゃん」

菜箸で何かを盛り付けるような動きをしながら、張美がキッチンで答えた。

「じゃあ、さっきからなんで勝手に消えてんだよ」

渇幸が声を尖らせると、「あっ、すみません。それ、私だ」という声がして、指についた米粒を舐め取っていた女が挙手するような仕草をした。「あら、そうなの?」「うん。言わなかったっけ。私、電化製品から出る風が苦手なのよね。エアコンとかも気持ち悪くなっちゃうから、夏なんてもう地獄で」「あ、そうなんだ。大変だね」「冬も冬でキツいけどね。エアコン駄目だから、着込んで雪だるまみたいにブクブクになっちゃって」「あ、そうなんだ。大変だね」「だから空気清浄機も無理なのよね」「そうよね。大変だもんね」


食卓には箸、タレ用の小皿、おかずを取り分けるための平皿、グラスなどが五人分並べられた。プレートの脇には、豆苗と干し椎茸と薄揚げを出汁に浸したもの、自家製ザーサイ、さっき常備菜として作り置いていたきんぴられんこん、塩麹につけた鶏ハムが置かれ、その隙間にふりかけをまぶされた黄色いおにぎり、ケチャップをかけて炒めたウィンナー、歪な卵焼きが並んだ。リビングのローテーブルには子供分の食器が三揃いと、おにぎりとウィンナーが別皿で取り分けられていた。ソファに陣取った子供達は先に焼いた肉を我先にと争うように口へ押し込んでいた。

渇幸はもう一度洗面所に手を洗いに立ったあと、廊下から、脂臭い煙に包まれたリビングダイニングを鬱々とした表情で見つめた。一家が来てから家中の空気がざらついている気がして仕方なかった。衣類用の消臭スプレーを自分に吹きかけてから、晩酌用のハイボールを作ろうとした渇幸は、結局そうせずに手ぶらで席に着いた。見栄えのいい竹ざるに並べた野菜をキッチンカウンターに置いた張美がすぐにこれに気づき、「あら。パパ、今日はお酒飲まないの？」とエプロンを外しながら訊いた。

「うん」

「なんでよ。飲めばいいじゃない」

「今日はいいんだよ」

渇幸は、テーブルの短辺の端に置かれた脚立に窮屈そうに座っている父親に聞こえないように答えた。張美は座りかけていた椅子から立ち上がると、「持ってくるよ。番場さんも飲んだら？　喉渇いたでしょ？」と渇幸が懸念した通り、父親に愛想よく声をかけ、父親が返事をする前にグラスに氷を入れ始めた。「ねえ、本当にどこにもいなかったの？　本当に？」菜箸で肉を焼いていた女がまた同じ質問を繰り返した。「うん」と父親も同じ答えを返した。「本当に？」椅子から立ち上がって菜箸をせわしなく動かす女の腕は寸足らずで、今にも服の袖がプレートに付きそうになっていた。女の詰問に、父親は何か答えたらしかったが、肉の焼ける音と換気扇が勢いよく回る音、それに暴風が窓ガラスをがたがたと揺する音でよく聞こえない。女は手にしたホーロー製のバットから、薄切り肉を菜箸で持ち上げた格好で動きを止めていた。下味のついた肉がぷらぷらと宙で揺れている。張美がとっておきの江戸切子のグラスを父親の前にとんと置きながら、「誰かが貴重品と間違えて、持って行っちゃったとか？」とさりげなく口を挟んだ。「慌ててたから、中を確認しなかったとか？」

張美の隣に座っていた女の母親が呪詛のような一言を低く吐き捨てた気がし、渇幸は思わず顔を見たが、母親はすでに鶏ハムを口に入れ、くちゃくちゃと顎を動かしていた。「おばあちゃん。固くないですか？　塩麹につける時間がいつもより短かったかも」親しげに訊く張美を無視し、母親はそのままきんぴられんこんに箸を伸ばした。「あ。そっちはご高齢の方には少し味が濃いめかも」母親は無反応で、まだ鶏ハムが残っているはずの口の中にきんぴられんこんを放り込んだ。柔らかいものと固いものが老人の口の中で同時に咀嚼《そしゃく》される感触を想像し、渇幸は思わずハイボールを喉に流し込んだ。

煙のせいなのか、目が痛かった。女がプレートに肉を寝かせると、水分が弾け飛ぶ音に続いて、脂身が焼けるぱちぱちという音がした。女は肉を次々に裏返していき、空になった子供達の平皿を父親に持って来させると、どんどん載せていった。「家、散らかっててびっくりしたでしょ？」減っていく肉に苛つきながら渇幸が目をしきりにしばたいていると、女が唐突にそう言った。自分に話しかけていることに気づいた渇幸は「ええ、ああ。どうだったかなあ」と、家中の至るところに転がっていた黒い球のような糞を思い出しながら首を傾げた。「まあ、あの窓にはさすがにびっくりしましたけどね。初め、何がくっ付いてるのか全然わからなくて……」「窓に？　なんかがくっ付いてたの?」パプリカにしいたけ、茄子、かぼちゃ、と野菜を肉と肉の隙間に手際よくトングで置いていきながら張美が会話に加わった。たまねぎは父親からいちばん遠い渇幸の前に置かれた。「卵パックだよ」「卵パック?」「あるだろ。透明のじゃなくてさあ、紙の、丈夫な、つか上等なやつ」「わかるけど。そんなものがなんで窓にくっ付いてんの」「騒音対策だよ。騒音対策。ですよね?」渇幸が父親に話を振ると、父親は今にもばらばらに分解しそうな卵焼きに手をつけながら頷いた。持ち手の部分に文様が描かれている貰い物の塗箸が、父親の手の中で縮んだように見える。「え、嘘。やだ。あれ見られちゃったの?」女が菜箸を止め、照れたような非難めいたような声をあげた。「でもまあ、」と渇幸はハイボールを喉に流し込みつつ、勝手にリビングに上がり込んでいたことを追及される前に口を開いた。「番場さん達はそれだけ健康を脅かされてるってことですよね。低層階ってだけできれいな空気も吸えずに、窓も開けれないなんて、同じマンションの住人として僕は憤りすら覚えますよ。あんなふうに平気で大気を汚染して環境を破壊する連中っていうのは、他人の生活をなんだと思ってるんですかね。自分以外の人間について、人権というものについて、一度も考えたことがないんでしょうね。ったく、僕はやりきれませんよ。居た堪れませんよ」そう言いながら、渇幸は自分の目の前の肉を引っ繰り返した。張美が下味をつけておいた肉は絶妙な加減で焼き目が付き、肉汁が汗のように流れ出ていた。にやつきそうになる渇幸の口元を見ていた女の母親が窓の方に不意に顔を向け、「この部屋、まったく粉塵とか入って来ないの?」と発言した。ようやくまともに聞いた母親の声は声帯に小麦粉でも塗り込まれたようにしゃがれていた。「来ませんね」「来ないわよね」渇幸と張美もつられて窓の方を見ながら、ほぼ同時に答えた。川の様子を確認するため、ロールカーテンは巻き上げられたままであった。「騒音も？　振動も？」「ないですね」「ないわよね」女の母親が黙り込んだ。子供達が静かなことに気づき、目をやると、勝手にチャンネルを替えたテレビの中のアニメに釘付けになっていた。「パパのそれ。もういいんじゃないの」張美に言われ、渇幸はさきほど裏返した肉を「ああ」と言いながら箸で摘み上げた。肉の焼けた匂いを鼻の近くで嗅いだ途端、胃が収縮し、唾液が一気に舌の上に分泌された。小皿に移し、口に運ぼうとしたところで、「あ。そうだ。ちょっと待って」と言って、女が椅子を鳴らして立ち上がった。

「なあに、いきなり」口の下に手を皿のようにあてがい、豆苗を噛んでいた張美が振り返った。断りもなく冷蔵庫を開けた女は、「すっかり忘れてた」と言いながら何かを手にして戻ってきた。

「え？　タレ？」ラベルの剝がされたペットボトルを目にした張美は、豆苗を噛んだまま戸惑ったような声をあげた。「でもこのお肉、もうしっかり下味つけてあるのよ。さらにタレって……さすがに濃いんじゃない？」下味に手をかけていた張美は不満を隠しながら首を傾げた。渇幸も間髪入れず頷いた。「うん、それに僕らは普段から薄味に慣れてるしね。番場さんのタレは今度、下味をつけてない時にいただけばいいんじゃないかな」「大丈夫。これ、すごくさっぱりしてるんです。自家製だから」女がペットボトルを振る音が食卓に響き渡った。女の母親は相変わらず料理が口に合わないような顔つきで、漬物を口に運んでいた。父親は女が作った卵焼きとウィンナーとおにぎりにしか手をつけていなかった。料理好きを公言する張美がそれを気にしていない風を装って、「へえ」と感心した声をあげた。「うちも市販のものは普段から使わないようにしてるけど、いいわね。じゃあせっかくだから、今日はそのタレでいただきましょうよ。今、小皿出すよ」「あー。いいいい。僕がやる」「そう？　珍しいわね。じゃあお願い。あの、ベトナムで買った小皿ね」立ち上がろうとした張美を制した渇幸は、「うん」と言いながら脂肪がついた体を重そうに持ち上げた。

　空になったグラスを持って、キッチンに移動した渇幸はハイボールのおかわりを作ると、ビルトイン食洗機脇の食器棚を開けた。張美に言われた朱色で絵付けされた小皿が、棚の端に積み上げられていた。「おおい。テーブル狭いから、こっちでタレ入れちゃうわ」「え。なんで。別にいいんじゃないの。こっちで」訝しがる張美の声を無視し、渇幸は食卓に戻って手を伸ばすと、ペットボトルを素早く摑んだ。調理台に置くと、ラベルの剝がされたペットボトルには八分目の辺りまで黒くて粘り気のある液体がたっぷりと詰まっていた。二層にわかれており、蓋を押さえて怖々振ると、沈殿していたらしい粒状のものがゆっくりと蠢いた。黒胡椒にしては大きい。渇幸は目を眇め、もっとよく見ようとし、途中でやめた。元々、なんの飲料が入っていたかもわからないペットボトルの蓋を開けると、微かに中濃ソースのような匂いがした。指に付着しないよう注意しながら中身を小皿に注いでいくと、やけに粘り気がある液体から、ミキサーで粉砕しきれていないのか柔そうな塊《かたまり》が、時々どろっと交じって出てくる。細かい、粉状のものが脂ぎった液体の一面に浮かんでいた。

「何してんの。遅すぎる」いつのまにか張美が脇に立っていた。「なんで四人分しかないの」不思議がると、もう一枚戸棚から小皿を取り出してペットボトルのタレを注ぎ、あっという間に皆に配ってしまった。

食卓に戻ると、すでに焼けた肉が渇幸の席に置かれた小皿の中でタレにしっかりと浸されていた。「焦げちゃうからどんどうぞ」まだ箸もつけていないのに、女が焼けた肉を小皿に追加していく。どろりと濁ったタレが、何も敷いていないテーブルに溢《こぼ》れたが、張美はまったく気づいていない様子であった。「へぇ。結構コクがあるんだ。甘辛いね。生姜にみりんに、砂糖に……うん、イケるね、これ」肉を咀嚼する妻を見ているうち、気分が悪くなった渇幸は自分の手元に視線を落とした。黒い穴のような液体が、白い小皿にぽっかり浮かんでいた。「パパ、食べないの?」気づくと、食卓にいる人間全員の視線が自分に注がれていた。「ああ」渇幸はプレートに箸を伸ばして、焦げかかったたまねぎを口に放り込んだ。それから白米を頬張ると、小皿の肉を摘み上げて、しげしげと熟視した。「なにしてんの」口に入れると、舌の上で醬油とみりんの香りが広がった。勇気付けられて思いきって嚙むと、一瞬、粒状のものが奥歯でぐにっと潰れるような食感がした。二度三度噛むと、それは渇幸のよく知る肉の食感に戻っていた。目が痛かった。渇幸は箸を持った方の手で、ぐりぐりと眼球を揉むように擦った。

「一旦、換気しましょう。煙がすごい」

そう言って渇幸は立ち上がり、「今じゃなくていいわよ」という張美を無視して、ベランダへ近づいた。二重サッシの鍵を外してガラス窓を開けると、猛風がどっとリビングに吹き込んだ。

「ちょっと！　パパ！」

びしょびしょになったサンダルを引っ掛けてベランダへ出た渇幸は、濡れた手摺を掴むと、大きく息を吸い込み深呼吸した。そのまま目を凝らすと、川は黒い裂け目のようになっていた。工場の、常夜灯のオレンジ色だけが浮かび上がっている。渇幸は手摺をぐいと引き寄せ、さらに川を覗き込んでいるような体勢で顎を宙に突き出した。下を向き、くちゃくちゃと噛み続けていた肉をこっそり吐き出そうとしたその時、背後に人の気配を感じ、渇幸は首を慌てて引っ込めた。父親が同じように両手で手摺を掴んですぐ隣に並んだ。二重窓はぴったりと閉められていた。父親が言った。

「最上階ですか」

体勢を戻して、渇幸も何食わぬ顔で答えた。

「そうなんですよ」

「ここなら川が氾濫しても、お宅は安心ですね」

父親はそう続けて、渇幸の真似をするように階下を覗き込んだ。渇幸の胸下にあるはずの手摺が、父親の臍近くに食い込んだ。

「まあそうですね。そういったことも全部想定して購入を決めましたから……。あ、見えますか。お宅が」

父親は体を二つに折り畳むかのように、さらに下を覗き込んだ。その姿を見て、渇幸は苦り切った表情を浮かべずにいられなかった。

というのも、このベランダが渇幸にとって、家の中で最もお気に入りのベストプレイスだったからである。

気持ちのいい晴れた休日など、渇幸はここに屋外用テーブルを準備し、高所からの眺めを存分に堪能しながら家族で食事を取ることを何より愉しみとしていた。張美が手製した洒落たクラブハウスサンドイッチなどを頬張りながら富士山を観賞した渇幸は、決まって一階の専用庭を見下ろしては、「うわっ。うわっ。どいつもこいつも、きったねえなあ。どんな神経で自分とこの庭をあんな雑草生え放題にしてられるんだろうね。同じマンションの住人として僕は嘆かわしいよ。アンビリーバボーだよ」などと言いつつ、サンドイッチに刺さっていたピックや丸めたティッシュを投げ捨てたりした。その際、張美は必ず「パパ、かっくんが真似する」と咎めたが、渇幸は意に介すどころか、「連中の庭にごみが投げ捨てられるのは当然のことなんだよ。然るべくしてそうなるんだよ。それが嫌ならさあ、日頃からきれいにしとけばいいって話なんだよ。つか、こうやってごみを捨てることで、彼らが掃除をするきっかけを僕は作ってるんだよ。感謝されたいくらいだよ」と平然と言い放った。今は暗くてよく見えなかったが、バンバ家の庭にも、そのようにして渇幸が日頃投げ捨てたごみが雑草の茂みに落ちているに違いなかった。

気づくと、充血気味の父親の目がじっと自分に注がれていた。渇幸はさりげなく視線を逸らしながら、「やっぱあれですか。目薬ぐらいじゃあ、どうにもなりませんか」と気になっていたことを口にした。父親は少し間をおいてから、「粉塵だけはどうにもならないです。騒音と振動は慣れても、粉塵だけは駄目です」とほとんど唇を動かさない、あの話し方で答えた。

いつのまにか口の中で密かに噛み続けていた肉が、肉でないもののようになっていた。渇幸は「さっ、そろそろ入りますか」と取って付けたように明るい声を出し、手摺から体を離した。家の中へと戻ろうとしたその時、背中に向かって、「このマンションの住人に決まってるんですよ」と抑揚のない声が飛んだ。

「え？　ああ。ウサギの……？」

渇幸は二重窓に伸ばそうとしていた手を止めて振り返った。父親の赤い血管が浮いた目は、やはり渇幸をじっと捉えていた。眉根に深い皺を寄せた渇幸は、これ以上ないほど痛ましげな表情を作ってから口を開いた。

「ほんとに、そうやって人の不幸を喜ぶ人間が、僕はいちばん許せませんよ。激しい憤りを感じますよ。できることなら番場さん達の苦痛を、少しでもシェアしてもらいたいくらいですよ。でもまあ、そんなこと無理ですしね。とりあえず部屋に戻って肉、食べましょう。元気を出しましょうよ」

渇幸はそう言って、まだこちらを見たままの父親に笑顔を浮かべた。「お裾分けしますよ」父親の唇の隙間から声が漏れた。「お裾分け？　ああ……焼肉のタレですか？」渇幸は笑ったまま父親に聞き返した。笑っていない父親の目の中で、赤い血管がどっぷりと膨らんだように見えた。

一家が全員出ていくのを見送ったあと、渇幸は玄関のドアが閉まるなり内側から錠を下ろし、家中の空気清浄機を稼働させて歩いた。

「どうしたのよ。パパ」

「どうしたも何も。これ以上、あいつらと同じ空気を吸うなんて我慢できるかっ」

「そんなことで、ウサギが見えたなんて嘘吐いたの？」

「仕方ないだろう。そうでも言わないと、あいつら出てかないんだから」

「十一階のベランダから駐車場にいるウサギなんて見えるわけないじゃん。嘘だってバレて、結局またすぐ帰ってくるわよ」

「知らねえよ。そん時は鍵閉めて開けなきゃいいんだよっ」

調理台に置かれていたペットボトルを鷲掴みにした渇幸は、蓋をとって逆さまにしながら中身をじゃあじゃあとシンクに捨て、空になった容器を思いきり踏み付けた。そしてそのまま険しい眼差しでリビングを見回すと、バンバが接触したと思われるところに除菌スプレーを所構わず吹きかけ始めた。ソファをびしょびしょに濡らしてから廊下に飛び出し、自室に直行した渇幸は「あっ。あっ」と大声をあげながらドアの前にしゃがみ込んだ。

「今度はどうしたの」

「見ろっ。あのガキども、あれだけ言ったのに、また勝手に部屋に入ろうとしてやがる！」

そう激怒して渇幸が指差したノブの下の溝部分には、確かに何か硬いものをあてがったような無数の傷が走っていた。「やっぱり僕の言った通りだったろっ？　ああいう連中を信用すると、ろくな目に遭わないんだよっ」

渇幸の脇から傷を見ていた張美が、「でもこれ、違うよ」と口を挟んだ。

「違うって何が」

「これ、さっきパパが自分で十円玉でつけた傷だよ」

「んな馬鹿なことがあるか」

「絶対そうだよ。さっき、開かない開かないってがちゃがちゃ自分でやってたじゃないの」

張美の言葉に渇幸は傷をもう一度見返していたが、やがて憤然とした様子で体を起こすと、「だとしても、あいつらが無断でこの部屋に入るのは時間の問題なんだよっ。つかあのガキども、うちの寝室にまで勝手に入りやがってっ」と尻ポケットからもどかしげな手つきで十円玉を取り出した。

「なんなの、今度は。何すんの」

十円玉で自室の鍵を外した渇幸は部屋に飛び込み、防災リュックの脇のバスタオルを捲り上げた。キャリーバッグを引っ張り出すと、メッシュの隙間から、また丸い糞が数粒ざらざらと転がり落ちた。

「パパ。ウサギ、どうするつもりなの」

「決まってるだろ。あいつらが帰ってこないうちにどうにかするんだよ」

「どうにかって。あの人達が帰るまでは、隠してやり過ごすのがいちばんいい、ってさっき自分で言ってたじゃないの」

「そう思ったけど、もうこれ以上我慢できるかっ。つか、ここに隠しといたらいずれ見つかって、あいつらに一生弱みを握られることになるんだよ。そうなる前に手を打たないと。ママ、合羽持ってきて」

「いいけど。川に流しに行くの？」

ウォークインクロゼットに隠した合羽を手早く手にして戻りながら、張美が訊いた。

「ああ。あいつらが下にいるから、川は無理だろう」

「じゃあどこに捨てんの?」
「それにかんしては、ちょっといい考えがある」
「いい考え?」
渇幸は張美に合羽を着せてもらいながら、「うん」とだけ答えた。寝室から出て来たゴローが散歩に行くと信じきっている、無垢な眼差しで渇幸を見上げた。外し忘れた犬用ライトが、ゴローの首元でちかちかとクリスマスの電飾のように明滅していた。

玄関を出ると、暴風雨はさきほどまでとは比べものにならないほど激しさを増していた。

外階段の踊り場までやって来た渇幸は、用心のため手摺から身を乗り出して、素早く階下を覗き込んだ。バンバ達の姿は見えなかったが、駐車場や駐輪場のトタン屋根にも雨が猛烈に打ち付けているようであった。屋根の端から水が滝のように流れ落ち、高木が足掻くように枝をしならせていた。

渇幸は体の向きを変え、吹きさらしの外階段を一段飛ばしで上り始めた。さきほどバンバの家で洗濯物を見た際、このマンションが粉塵対策として昼間だけ屋上を住人に開放していることを思い出したのである。もちろん今日のような日に屋上が開放されていることなどあり得ない。が、今、階段を上っていく渇幸の手には、その屋上の鍵の複製がしっかりと握られていた。

一年半ほど前、屋上に布団カバーを干しに行き、この複製の原物となる鍵を、鍵穴に差さったままの状態で発見したのは張美であった。張美はこれを持ち帰り、「パパ、ナカムロ行くなら、ついでに管理人室に届けて来て」と渇幸に手渡したのだが、この時、テレビでスポーツ中継を観戦していた渇幸は特に気のない様子で「うん」とだけ返事をし、そのままズボンの尻ポケットに鍵を滑らせた。その後、いつものように用もないのにぶらぶらとナカムロに向かおうとした渇幸は、この言伝《ことづて》をちょうど管理人室近くで思い出したのだが、同時に、ナカムロのテナントに鍵屋が入っていることも思い出したのである。

合鍵を製作したことは張美にも秘密であった。それをいいことに渇幸は夜間、張美がママ友と食事に出かけて遅くなる際や、渇未知を連れて実家に帰っている時などを見計らっては、ここぞと無人の屋上にベランダ用の折畳式リクライニングチェアを持ち込んで、河川の眺めを一望しながら酒を飲んだりしていたのであった。

そんな合鍵を使って押し開けた防火扉の向こう側では、豪雨と猛風が祭りの最高潮に達するかのように荒れ狂っていた。

しばらくその光景を前に動けなくなった渇幸だったが、意を決し、キャリーバッグを肩にかけ直すと、腕で顔を覆うようにしながら屋上へと踏み出していった。

途端に、全身に雨粒がつぶてのように打ち付けた。渇幸は近くの入浴施設に赴いた際、天井近くのノズルからひと連なりに流れ落ちるシャワーを頭頂に当て、滝行に見立てるのをルーティンとしていたが、それとは比べ物にならないほどの強烈な雨粒が、次々と自分の体の上で弾け飛ぶのが合羽越しに感じられた。

音も凄まじかった。外に一歩出た途端、ヘッドフォンを装着したかのように合羽を弾く風雨に鼓膜が奪われ、他の音は何も聞こえなくなった。渇幸は上体を六十度ほど傾《かし》げた体勢で、首から下げていた防水の懐中電灯から放たれる光を頼りにゆっくりと進み続けた。光の筋によって照らされた雨粒が、空中に静止しているようにじっと浮かび上がっていた。

物干し台はすべて撤去されていた。コンクリート製の台座らしきものだけが等間隔に残されている。きょろきょろと辺りを窺った渇幸はそれに躓《つまず》かないようにしながら、風に背中を押されるようにして金網の方へと近づいていった。

金網は、渇幸の記憶より頭三つぶん以上は高く、四方にしっかりと張り巡らされていた。

渇幸は腕を伸ばすなどして金網の高さを確認したり、懐中電灯をコンクリートに置いて固定しようとしていたが、やがて諦めたように階段の方へ戻ってくると、防火扉を閉め、首に巻いたタオルで手指についた水気を拭き取ってからスマートフォンを操作し始めた。

数分後、ナカムロで購入したあずき色の合羽に身を包んだ張美が姿を現した。

張美は、最上段に座り込んで煙草を吸っている渇幸を見るなり、

「どうして屋上が開いてんの？」

と怪訝そうな口調で尋ねた。

渇幸は煙草に咽せたように軽く咳き込んでから答えた。

「ああ。たぶん、管理人がまた閉め忘れたんだろう。ほんとだらしない奴だよ。ったく、僕は前から、あいつは絶対仕事ができない野郎だと思ってたんだ。思った通り、なんとなく閉め忘れてるんじゃないかと思って来てみたら、この通りだよ」

「そうなんだ。で、ウサギはどうなったの」

「うん、まだここにいる」

渇幸は張美が納得したことにほっとしながら、背後に隠していたキャリーバッグに顎を向けた。「屋上からバッグごと投げようかと思ったけど、思った以上にフェンスが高い」

「え、投げようとしたって、ウサギを？」

張美は耳を疑うかのように訊き返した。

「ああ。川に行けないんだから、それしかないだろう」

「いい考えって、もしかしてそれなの？」

「うん。けど一人じゃ無理だから、ママ、手伝ってよ」

煙を吐き出す渇幸を見ながら、張美は当惑したような表情を浮かべた。

「でもバッグごと投げたら、誰かがやったって証拠が残るじゃん。事件になって、それこそ大騒ぎになるわよ」

「だから、それが狙いなんだよ」

渇幸はそう言いながら煙草を階段に押し付けた。

「騒がれることが？　なんで」

「いつも言ってるだろ。僕はさあ、常に自分が少しでも損を被る状況ってのが我慢できないんだよ。たとえ犯人だってバレなかったとしても、怪しいと思われたままマンションの住民に陰でひそひそ噂されるなんて、めんどくせえじゃん。損でしかないじゃん」

「じゃあなんでわざわざ事件にすんの？　そっちの方が噂になる」

「うん。だから、なるべく猟奇的に、愉快犯的にやって、頭のおかしい奴の仕業に見せかけるんだよ」

泰然として言う渇幸に、張美はまだ疑わしげに訊き返した。

「そんなことで、うちの容疑が晴れるの？」

「ああ」

「なんで」

「だってそんな残虐な犯行、僕達みたいな、いい感じの夫婦の仕業だとは誰も思わないだろう」

渇幸は当然のように言い切って、煙草の吸い殻を指で弾き捨てた。言葉もなく渇幸を見つめていた張美は、ほどなく感心したように唸り声をあげた。

「パパ、すごい。よくそんなこと思いついたね」

「いやいや、別にどうってことないでしょ。これくらい」

サスペンスドラマ好きの張美に煽《おだ》てられ、渇幸はにやけそうになる顔を無理やり引き締めて続けた。

「つかさあ、はっきり言ってもうこれ以上、僕の貴重な時間をバンバのために費やしたくないんだわ。僕は本来なら今この瞬間、誰よりもゆったりとリビングのソファで寛いで、とっておきのウィスキーに氷入れて飲みながら各地の台風の被害中継を楽しもうって腹づもりだったわけよ。それなのに、なんで階段何往復もしたり、気色悪いタレで焼肉食ったりしなきゃなんねえんだよっ。つか、バンバのために川までわざわざ行くの、めんどくせえよ。ここでいいよ、もう」

渇幸の言葉を頻に手を当てて聞いていた張美はバッグを見下ろしたのち、「それもそうね。可哀相だけど、じゃあ、そうしましょうよ」とあっさり頷いた。

「やるなら早くしないと。バンバも戻ってきちゃうわよ」

張美はそう言いながら立ち上がるよう渇幸を急かした。

「そうだな。面倒なことはさっさと終わらせてすっきりするに限るよ。あ、そうだ、ママ。ちゃんと口紅持って来てくれた？」

「持って来たけど、どうすんの、口紅なんて」

「僕はどんな時でも万全を尽くすんだよ」

張美から口紅を受け取った渇幸はキャリーバッグのファスナーを開けると、蹲っていたウサギを抱き上げ、その顔や全身に禍々しい化粧のようなものを手早く施していった。

「すごい、パパ。頭のおかしい奴の仕業にしか見えない」

「だろー?」

猟奇的な演出を施されたウサギをバッグに戻すと、渇幸は「よっこいしょ」と呟きながら立ち上がった。

「あとさあ、あいつらが戻って来たら、うちから現金がなくなってたことにして追い返すってのはどうよ?」

「現金っていくらぐらい?」

「三万くらいでいいんじゃないの」

「財布からなくなったことにすんの?」

「うん。寝室に置いてあったたって言えばいいでしょ」

「パパ、すごいわね」

張美は尊敬の眼差しを向けながら言った。「ドラマの脚本家になれるよ」

「うん、でもそんなこと言ったらプロに失礼だろう」

「そんなことないよ。最近のテレビドラマ、死ぬほど面白くないし……」

そんなことを言いながら、二人は仲睦まじく肩を並べて屋上へと出て行った。

猛風の中、灯りを照らす係として先頭に立った張美は、真っ直ぐ歩くこともままならないようであった。

幾度も転倒しそうになりながら、超高輝度九万ルーメンの懐中電灯で、足元をどうにか照らし、金網の方へ、じりっ、じりっ、と歩いて行く。そんなへっぴり腰の張美に続いて、キャリーバッグを肩から提げた渇幸もまた、ほぼ地面に這いつくばるような前傾姿勢を取りながら、屋上を、じわっ、じわっ、と横切って行った。

張美は何度も若い娘のように声をあげた。渇幸も異様な興奮状態がひとめでわかるほど目をぎらつかせながら、何度も足をもつれさせた。

「パパ、あとはお願いね！」

ようやく金網まで辿り着き、しがみついた張美は声を張り上げ、ライトを金網の向こう側へと向けた。真っ暗な宙に、さあっと一条の光が走った。

渇幸は執拗に頷いて、幅広ベルトから頭を引き抜くと、両手でキャリーバッグを頭上高く持ち上げるような格好になった。そして、光の筋に向かって獣のように咆哮《ほうこう》しながら、渾身《こんしん》の力を込めてキャリーバッグを放り投げた。

しかし投げる直前で足元がふらつき、思ったよりも力が入らなかったお陰で、バッグは想像よりもかなり手前、金網のすぐ向こう側に、どすっ、と鈍い感じで落下した。落下したところは、金網と屋上の縁の間にある、側溝であった。

バッグはその側溝にすっぽりと挟まっていた。

「パパ！　気をつけてね！」

さきほどから張美は何度もそう絶叫していたが、金網を摑む渇幸の耳には何も届いていなかった。

目を見開いた渇幸が長靴の先を網目に無理やり捻じ込むと、金網は悲鳴をあげるように大きく軋《きし》んだ。

ふらつきそうになりながらも、どうにか足場を確保した渇幸は、尻を下から張美に押されるような形で金網を這い上がり、ゆっくりとよじ登っていった。張美の手にはリードの持ち手が握られており、その先端は渇幸の腰にしっかりと巻き付けられていた。このままでは異常者の犯行に見えず疑われるに違いないと騒ぎ出した張美が、ポケットにあったゴローのリードを取り出し、こうすれば大丈夫、と言いながら命綱がわりに無理やり渇幸の腰に結び付けたのである。

金網がぐらぐらと根元から傾ぐたび、渇幸の全身の細胞がわななくように収縮した。よほど強く握りしめているのか指の感覚がまるでなく、痛風で痛めた膝も他人の足のようであった。

金網のいちばん上までどうにか達し、縁に片足を引っ掛けて乗り越えるような格好になった時、言いようのない恐怖が胸のうちに爆発的に湧き上がりかけたが、それも一瞬であった。両股で押さえ込むようにして細く不安定な縁に尻を乗せた渇幸は、瞳孔が開き切った目で地上を見下ろすと、喉の奥から笑い声とも呻き声ともつかぬ声を洩らした。五感のすべてが研ぎ澄まされ、精神が極限まで高揚していくような感覚に、渇幸は完全に現実感を失っていた。

　渇幸は熱に浮かされたような目で生コン工場の先にある河川の方を凝視した。相変わらず黒々とした深い裂け目が走っているようにしか見えなかったが、手は首にかけていたスマートフォンを取り出すと、ごく自然にカメラアプリを起動させていた。ムービーに切り替えて身を乗り出した瞬間まで、渇幸は腰辺りに強い痛みが走っていることに気がつかなかった。

　振り返ると、驚愕したように目を見開いた張美が、金網の向こうから両手でリードを必死に引きつけようとしていた。その蒼然とした表情によって、自分がバランスを崩し、体を大きく虚空に傾けていることに初めて気づいた渇幸はぴんと張っていたリードを咄嗟に摑むと、普段からは想像もできないような瞬発力で金網の縁を握り、奇跡的に体勢を立て直した。

　合羽からフードがスナップごと引き千切られ、ずぶ濡れになった髪が渇幸の顔面にびっしりと絡み付いていた。指からは血が滴っていたが、やはり痛みは感じなかった。息を切らした渇幸はぱくぱくと口を動かす張美の指示に従って、うんうんと子供のように頷くと、ゆっくりと金網を下り始めた。登る時同様、足場を確保し、指先に総身の力を込めて長靴の底をコンクリートに着地させた。誰か知らない人間の心臓が暴れるように自分の体内で脈打っていた。

今や、渇幸の体は完全に金網の外側にあった。

幅二十センチほどの側溝に足を入れた渇幸は金網を握りしめたまま、張美のライトに誘導され、横へと移動を始めた。側溝を流れる雨水がばしゃばしゃと長靴に激しくぶつかり、二手に分かれていった。

キャリーバッグは、まるで初めからそこに準備されていたようにすっぽりと側溝に挟まり込んでいた。

低く腰を落とした渇幸は、雨水に浸かってぐっしょりと濡れた幅広ベルトを排水溝から拾い上げるため、片腕をぐっと伸ばした。指先にベルトが触れかけたところで金網の内側に視線を彷徨わせると、至近距離で固唾を呑んで見守っている張美と目が合った。渇幸はあと少しのところで唐突に動きを止め、それから顔面をひくっ、ひくっ、と奇妙に痙攣させ、張美に顔を寄せた。

「な?　僕が言った通りだったろうっ?」

突然そう言われ、仰天した張美が大声で訊き返した。

「え、何がっ?」

「川!　氾濫するって言っただろっ?」

渇幸は顔を不気味に赤黒くしながら河川の方を指差した。

「ほんとねっ。でも、まだ本当に氾濫するかどうかわからない……っ」

合羽のフードを必死で押さえた張美は、金網にしがみつきながら河川と渇幸を交互に見比べて答えた。

「うん。でもまあ時間の問題だろうっ」

渇幸は金網の外側で、傲然と言い切った。渇幸はぶるぶると頬を震わせると、咆哮するように声を張りあげた。

「じきに、この辺り一帯に氾濫警報が鳴り響くだろうっ。そうなったら低層階の連中は慌てふためくどころじゃないだろうなあっ。家は浸水して大事なものは流されるし、小学校で段ボールかなんか敷いて寝泊りして、腹を空かせたままトイレもまともに行けずにみじめに人の助けを待つしかないんだっ。隣の奴のいびきとか、毛布の奪い合いとか、人間関係のトラブルとかにも巻き込まれるだろうしねっ。でもそういうのも全部、仕方のないことなんだよっ。奴らには不幸もシェアしなきゃいけない義務があるんだよっ。つか、粉塵も騒音も振動も、あらゆるものがそうなんだよっ。犠牲になって然るべき人間だけが、犠牲をシェアするんだよっ。生態系だよっ」

渇幸は一気にそう捲し立てると、また何かを限界まで我慢するように顔面を、ひくっ、ひくっ、と歪ませた。

「そうね。うちは最上階でほんとによかったわねっ」

張美もフードを押さえながら頷き、それから唐突に顔を曇らせた。

「でも、大丈夫かしらっ……？」

「大丈夫って何が？」

渇幸は声を張りあげて訊き返した。

「このマンションごと、倒れたりしないっ……？」

河川の方を見て不安がる妻を、渇幸は大声で笑い飛ばした。

「ないない。ないし、その時はもうどこにいても助からない時だろうっ。まあ、だとしても僕だけは生き残るべくして生き残る自信があるけどねっ」

渇幸はそう断言すると、思い出したようにキャリーバッグを側溝から、ずぼっ、と引っ張り上げた。

ウサギの入ったキャリーバッグからは水がぼたぼたと大量に滴っていた。渇幸は今にも猛風にもぎ取られそうなバッグを一瞥もしないまま、

「つか、こんなに準備したんだから被害はしっかり出てもらわないと困るよなあ。ぶっちゃけ、備蓄とか余っても困るし」

と呟いて手を開いた。

キャリーバッグは音もなく暗闇に吸い込まれていった。

金網をがしゃがしゃと乗り越えた渇幸は、合羽を脱ぎながら外階段を下りた。満足しきった表情で自宅の玄関を開けると、どすどすと足を踏み鳴らしてリビングに入り、そ

して次の瞬間、「あっ」と潰れた蛙のように声を詰まらせた。

後ろからスリッパを履いて歩いて来た張美も、つられてリビングを覗き込み、渇幸と同じように「あっ」と声をあげて絶句した。

「どうしたの?」

家の中が、台風が通過した直後のように滅茶苦茶に荒らされていた。

窓が全開にされ、暴風雨が吹き込んでいた。観葉植物が倒され、すべての皿が床に叩き付けられ、張美のお気に入りの小物や調度が残らず破損し、ソファやロールカーテンが鋭利なものでずたずたに引き裂かれ、珪藻土風の壁に何かの糞のようなものがなすり付けられていた。家族の写真コーナーからは一枚残らず写真が抜き取られ、アルバムとともにシンクで燃やされた形跡があった。

「ママ、鍵は……?」

渇幸はそう訊いたが、張美からは何の言葉も返って来なかった。渇幸もしばらく呆然と変わり果てたリビングを見つめていたが、やがて、はっと顔を引き攣らせると、張美を押しのけて廊下へと飛び出した。足をもつれさせるようにしながら自室のノブを回すと、鍵をかけていたはずのドアはあっけなく開いた。自室はリビング以上に被災したあとのようになっていた。渇幸はぎりぎりと奥歯が割れそうなほど歯ぎしりをしながら、物が破壊され、散乱する小上がりの畳を強引に持ち上げ、貴重品類をしまったポータブル金庫を探したが、どこにも見当たらなかった。備蓄も、渇未知の貯金箱も消え失せていた。激しく損傷したノートパソコンの脇に、工具箱とペンチが転がっているのを発見した渴幸は、こじ開けられていた作業机の引き出しを覗き込んだ。〈マイ・コレクション〉とラベリングされた缶の中のＵＳＢメモリが一つ残らず、潰されていた。

「あいつら……っ！」

「パパッ。大変！」

怒りで全身を震わせていた渴幸はそのただ事ではない叫び声を聞いて振り返った。廊下を挟んだ寝室のドアの向こうで、張美が放心したように立ち竦んでいた。

渴幸を見つめながら、張美はベッドの方に震える指を向けた。

「ママ、どうしたっ」

「……ゴローが……ゴローが……」

「ゴローがどうしたんだっ」

渴幸が寝室に向かおうとした、その時であった。

窓の開いたリビングの方から今まで聞いたこともないような大音量で、奇妙な音が響き渡った。

うねるような、耳の中にねっとりと絡みつくようなその音は、河川が氾濫したことを知らせる警報サイレンであった。

渴幸は立ち尽くしたまま、痺れたようにその音に耳を奪われていた。さきほどから目が痒くて仕方なかったが、渴幸は瞼を必死で開き続けていた。ひときわ甲高く警報サイレンが鳴り、目の中で血管がどっぷりと膨張した。上框のところにウサギの糞が転がっている。粉塵と騒音と振動が、凄まじい勢いで到達しようとしていた。

初出　「群像」二〇二一年一月号

本谷有希子（もとや・ゆきこ）

1979年、石川県生まれ。2000年「劇団、本谷有希子」を旗揚げし、主宰として作・演出を手がける。主な戯曲に『遭難、』（第10回鶴屋南北戯曲賞）、『乱暴と待機』、『幸せ最高ありがとうマジで！』（第53回岸田國士戯曲賞）などがある。主な小説に『腑抜けども、悲しみの愛を見せろ』、『生きてるだけで、愛。』、『ぬるい毒』（第33回野間文芸新人賞）、『嵐のピクニック』（第7回大江健三郎賞）、『自分を好きになる方法』（第27回三島由紀夫賞）、『異類婚姻譚』（第154回芥川龍之介賞）、『静かに、ねぇ、静かに』など。近年、著作が海外でもさかんに翻訳され、『異類婚姻譚』、『嵐のピクニック』をはじめ、世界11言語で出版されている。英語版は The New Yorker、The New York Times などで大きな話題となった。

あなたにオススメの

2021年6月28日　第一刷発行
2021年11月8日　第二刷発行

著者　本谷有希子《もとやゆきこ》
発行者　鈴木章一
発行所　株式会社講談社
〒112-8001　東京都文京区音羽2-12-21
出版　03-5395-3504
販売　03-5395-5817
業務　03-5395-3615
印刷所　図書印刷株式会社
製本所　株式会社若林製本工場
本文データ制作　凸版印刷株式会社

ISBN978-4-06-523526-3　N.D.C. 913 256p 20cm

KODANSHA